Janita Pauliks

mit Herz und Hufen

francke

Über die Autorin:
Janita Pauliks, geboren 1977, ist gelernte Erzieherin und aktiv in der christlichen Kinder- und Jugendarbeit tätig.
Sie lebt mit ihrem Mann und ihren drei Kindern in Grimma bei Leipzig. Irgendwann ereignete sich eine so lustige Geschichte in ihrer fünfköpfigen Familie, dass sie einfach anfangen musste sie aufzuschreiben.

Bibliografische Information der Deutschen Nationalbibliothek
Die Deutsche Nationalbibliothek verzeichnet diese Publikation in der Deutschen Nationalbibliografie; detaillierte bibliografische Daten sind im Internet über https://dnb.dnb.de abrufbar.

2. Auflage 2019
ISBN 978-3-86827-651-0
Alle Rechte vorbehalten
© 2017 by Verlag der Francke-Buchhandlung GmbH
35037 Marburg an der Lahn
Umschlagillustration und Vignette: © Stefanie Klaßen
Umschlaggestaltung: Verlag der Francke-Buchhandlung GmbH / SG
Satz: Verlag der Francke-Buchhandlung GmbH
Printed in Czech Republic

www.francke-buch.de

Inhalt

Das seltsame Mädchen

„Mensch, pass doch auf – wenn der Karton auf den Boden fällt, dann können wir nur noch aus Töpfen essen! Die Stühle bitte ins Schlafzimmer und den Wäscheständer einfach im Keller abstellen!"

Emma schüttelte den Kopf. Wie konnte ein Mensch an einem einzigen Tag nur so viele Befehle erteilen? Sie lehnte sich an einen Baum und ließ ihren Blick über den kleinen See schweifen. Was war nur passiert? Gestern noch hatte sie mit ihrer Freundin Lulu im Café gesessen und den Menschenmassen hinterhergeschaut, die sich durch die Straßen schoben, während sie genüsslich ihren Milchshake schlürfte. Und heute stand sie hier in dieser Wildnis und schaute dabei zu, wie man ihr gesamtes Hab und Gut in dieses einsame Haus trug. Irgendetwas war mächtig schiefgelaufen. War während der ganzen Zeit eigentlich auch nur ein Auto vorbeigekommen? Emma verdrehte die Augen. Hier war man echt sowas von am Hintern der Welt! Wie sollte sie ohne ihre Lieblingseisdiele, die Inliner-bahn, die Schwimmhalle, die Deko- und Klamotten-läden, den Lärm und die Action überleben? Sie war wirklich nicht für die Wildnis bestimmt.

„Hey, Emma!", riss sie ihre Mutter aus ihren Tag-träumen. „Fass doch mal mit an. Je schneller es geht, desto eher können wir unser neues Zuhause einrich-ten."

Unser neues Zuhause einrichten ... Emma stieß wütend einen Stein mit ihrem Fuß an, sodass er im hohen Bogen in Richtung See flog, bis er mit einem Platsch schließlich verschwand.

Seufzend ging sie auf den LKW zu, aus dem schon seit Stunden Kartons getragen wurden. Sie kletterte auf die Ladefläche und schnappte sich einen großen, aber leichten Karton. Als sie damit vom LKW herab-hüpfte, freute sie sich darüber, wie clever sie doch war, dass sie direkt auf Anhieb den leichtesten Kar-ton gefunden hatte. Doch ein paar Schritte weiter trat Emma in etwas ekelhaft Glitschiges, das sie dummer-weise nicht gesehen hatte, weil ihr der riesige Karton die Sicht versperrt hatte.

„Mist!", schrie sie ärgerlich und versuchte, den Glibber von ihren schönen neuen Turnschuhen abzuschütteln.

„Das kannst du wohl laut sagen", mischte sich eine Stimme in ihre Gedanken ein.

Emma setzte den lästigen Karton ab und blickte sich um. Direkt neben dem LKW stand ein Junge mit einem frechen Grinsen. Seine Sommersprossen verliehen ihm Ähnlichkeit mit dem Sams. Emma musterte den Kerl kritisch von oben bis unten. An seinen Füßen befanden sich grüne dreckverschmierte Stiefel, die bis kurz unter die Knie reichten. Aus den Stiefeln quoll eine grüne Hose. Das T-Shirt, das locker über seinen Schultern hing, war ebenfalls grasgrün und betonte die blonden Locken, die ihm bis zu den Schultern reichten.

Könnte auch mal wieder beim Friseur vorbeischauen, dachte Emma und zog ihren linken Mundwinkel abfällig nach oben.

„Pferdeäpfel! Pferdeäpfel, aufgeweicht von dem Sturzregen gestern", sagte der Junge und deutete grinsend auf die braune Brühe neben Emmas Schuh.

„Ach?!", gab Emma zurück. „So dumm, dass wir Pferdeäpfel nicht erkennen könnten, sind wir Kinder aus der Stadt auch nicht!"

„Siehst auch gar nicht dumm aus", meinte der Junge und grinste Emma frech an.

Die wusste nicht so recht, ob sie sich über seine

aufdringliche Art ärgern oder ob sie ihn witzig und sympathisch finden sollte. Verwirrt schaute sie den Kerl an und entschied sich für Zweiteres. Ein wenig komisch, aber witzig ... Schien wirklich ganz nett zu sein, dieser Typ.

„Wohnst du hier?", fragte Emma.

„Den Schotterweg runter in dem grünen Haus – nicht zu übersehen."

Emma konnte sich ein Grinsen nicht verkneifen. Hatte er gerade *grünes Haus* gesagt? *Jetzt fehlt nur noch, dass sein Nachname Grün ist*, dachte sie.

„Und du ziehst in das Haus am See. Wow, das ist echt schön!", stellte der Junge fest. Emma gefiel die Anerkennung in seiner Stimme. Aber wie gerne hätte sie dieses wunderschöne Haus wieder mit ihrer Wohnung in diesem hässlichen Mehrfamilienhaus eingetauscht!

Sie schob die Gedanken energisch zur Seite und sagte: „Meine Mutter möchte hier eine Pension eröffnen."

„Ja, hier werden die Leute gerne herkommen und Urlaub machen. Es ist wirklich ein schönes Fleckchen Erde hier." So ein vernünftiger Erwachsenen-Spruch passte gar nicht zu dem grünen Kerl, fand Emma.

„Mir wäre etwas weniger Erde lieber!", seufzte sie und schaute auf ihren verdreckten Turnschuh. „Ich stehe eher auf Beton", fügte sie hinzu und blickte sich suchend um.

„Puh, Beton? Was war das noch gleich?", lachte ihr Gegenüber. „Den musst du hier lange suchen."

„Eine Straßenbahn würde mir auch schon reichen", stimmte Emma in das Lachen ein und hielt dem Jungen die Hand zum Abklatschen hin. „Ich heiße Emma!"

„Ich bin Nele!", sagte ihr Gegenüber und schlug ein.

Emma konnte sich lebhaft vorstellen, wie verwirrt sie jetzt aus der Wäsche gucken musste – schließlich hatte sie doch die ganze Zeit geglaubt, sie hätte einen Jungen vor der Nase.

„Das passiert vielen", meinte Nele und grinste über das ganze Gesicht, „aber nicht alle schauen so dämlich dabei aus."

Wieder fing Nele fröhlich an zu kichern, dass Emma einfach mitlachen musste. Jetzt ließ sie sich schon Frechheiten von komischen Landmädchen gefallen – was war nur mit ihr los?

„Du machst es den Leuten aber auch wirklich nicht leicht zu erkennen, dass du ein Mädchen bist", meinte Emma.

„Pure Absicht", erklärte Nele. „Du weißt doch selber, zu was für langweiligen Dingen Mädchen oft verdonnert werden!"

Emma strich sich eine ihrer braunen Haarsträhnen aus dem Gesicht und musste grinsen. Nele gefiel ihr. Wenn dieser Ort etwas Gutes hatte, dann könnte das Nele sein.

Emma schnappte sich ihren Karton. „Warte hier, ich komme gleich wieder", sagte sie zu Nele, die immer noch seelenruhig am LKW lehnte. Emma flitzte ins Haus, stellte den Karton in die große Diele und bekam von ihrer Mutter, die von dort die vielen Helfer hin und her schickte, ein liebevolles Lächeln geschenkt.

„Ich schau mich mal in der Gegend um", sagte Emma und wollte gleich wieder aus dem Haus stürzen.

„Einen Moment mal, Emma!", rief ihre Mutter ihr hinterher. Emma blieb stehen und schaute ihre Mutter mit ihrem treuesten Hundeblick an. Dann deutete sie auf Nele, die jetzt breit grinste und Emmas Mama freundlich zuwinkte.

Emmas Mutter schaute von einer zur anderen und sagte: „Na, gut, dann mach, dass du wegkommst! Aber sei pünktlich zum Abendessen um sechs da." Sie zögerte kurz und fügte noch hinzu: „Du kannst deinen neuen Freund gerne mitbringen. Das Essen reicht sicher noch für eine Person mehr."

„Werd sie fragen", rief Emma und rannte auf Nele zu. „Jetzt hast du mich wohl an der Backe kleben!" Frech grinste sie Nele an.

Nele musterte Emma von oben bis unten. „Was mach ich jetzt mit so einem Stadtkind wie dir?" Nele zog ihre Nase kraus, dass ihre unzähligen Sommersprossen über ihre Nase tanzen, dann schlug sie

Emma kameradschaftlich auf den Rücken und lachte. „Das war ein Scherz, du Liesel!", sagte sie und zeigte auf den Schotterweg, der zu ein paar Häusern führte. „Ich schlage vor, ich zeige dir erst einmal mein Zuhause und dann bring ich dich zu dem Herzstück auf diesem wunderschönen Plätzchen Erde. Dort kann ich dir Jimmy, meinen allerbesten Freund, vorstellen."

Ohne Emmas Antwort abzuwarten, rannte Nele den Schotterweg hinunter, an zwei kleinen, abseits stehenden Häuschen vorbei direkt auf ein großes, altes Haus zu. Das Erste, was Emma an dem Haus auffiel, waren die dunkelgrünen Fensterläden, in die jeweils ein Herz hineingesägt war. *Fast so wie an einem Plumpsklo in Schweden*, dachte Emma und verzog ihre Wangen zu einem schelmischen Grinsen, bis sich ihre kleinen Grübchen zeigten.

„Ihr habt bestimmt ganz viele Toiletten", kicherte sie, doch Nele schien ihren Gedankensprung überhaupt nicht zu verstehen. Sie führte Emma über eine kleine Brücke bis zu dem Haus. Dort blieb Emma bewundernd stehen.

„Wow!", sagte sie begeistert. „Das sieht ja urgemütlich aus."

„Meine Mutter steht auf gemütlich", erklärte Nele und zog Emma hinter sich her durch einen Rosenbogen, um den sich leuchtend rote Rosen und Weinreben rankten.

Emma kam nicht mehr aus dem Staunen heraus,

als sie die vielen wunderschönen Details in diesem Garten entdeckte. Ein Hühnerhaus, das früher mal ein riesiges Fass für Wein gewesen sein musste. Das Ziegengatter, ein Teich, die vielen Blumen zwischen alten Zinkwannen und Tontöpfen, der Lehmofen und die Holzterrasse, die über den Teich ragte.

„Wow!", sagte Emma nochmal bewundernd.

„Meine Mutter hat die Ideen und mein Papa setzt sie um", erklärte Nele und fragte: „Möchtest du eine kalte Limo?"

Emma nickte, woraufhin Nele durch eine niedrige weiße Tür verschwand. Kurze Zeit später kam sie mit zwei Gläsern wieder zurück. „Mach es dir gemütlich", sagte sie und deutete auf die Gartenstühle auf der Holzterrasse. Emma ließ sich auf einen der Stühle plumpsen und schaute auf den Teich.

„Alles, was das Herz begehrt", seufzte Nele zufrieden, die sich auf einem zweiten Stuhl niedergelassen hatte. „Dort drin leben Frösche, Fische, eine Wasserschlange ... Ich hab dort mal einen ziemlich großen Fisch rausgeangelt."

„Du angelst in diesem kleinen Teich?", fragte Emma verwirrt und schaute Nele irritiert an.

„Nur so zum Spaß – ich hab ihn dann wieder reingeschmissen", sagte Nele und grinste.

Was für ein seltsames Mädchen, dachte Emma, doch sie musste auch grinsen. Neles Fröhlichkeit war richtig ansteckend. „Laufen die hier immer herum?", fragte sie dann und deutete auf die Hühner, die überall im Garten herumpickten.

„Nachts zwitschern sie freiwillig in ihr Hühnerhaus ab", erklärte Nele, „den Fuchs mögen sie nämlich gar nicht leiden."

„Oha", stöhnte Emma, „das kann ich verstehen." Sie nahm einen großen Schluck von der kalten Limo und schüttelte den Kopf. „Als ich kleiner war, sind wir öfter in den Tierpark gegangen. Ich kann mich erinnern, dass mir einmal ein Eichhörnchen ein Stück von meinem Brot aus der Hand gegessen hat. Ansonsten sind mir Tiere bisher immer völlig unnütz vorgekommen. Die vielen Hundehaufen auf den Grünflächen in der Stadt. In jedem Sandkasten auf den Spielplätzen gab es eklige Überraschungen zu finden. Und dann die lästigen Tauben, die alles vollmachen ... Also, Tiere waren nie so meine Welt." Emma lehnte sich zurück und ließ sich ein paar Sonnenstrahlen ins Gesicht scheinen.

„Das wird sich noch ändern, da bin ich mir sicher!", sagte Nele und lehnte sich auch in ihren Stuhl zurück.

„Das glaub ich nicht, ich bin wirklich kein Naturmensch!" Emma richtete sich auf und schaute sich um. „Wo sind denn eigentlich deine Eltern?"

Nele zuckte mit den Schultern. „Die sind bei einem Auftritt von meiner schönen Schwester – *Alexandra die Große*. Sie tanzt in einer Ballettgruppe und ist darin ziemlich gut. Ich kann das viele Herumdrehen aber nicht mehr mit ansehen." Nele sprang auf, drehte sich einmal um ihre Achse und verbeugte sich mit einer Eleganz, die Emma ihr niemals zugetraut hätte.

Emma applaudierte und Nele verbeugte sich noch einmal.

„Jetzt komm, ich muss dir unbedingt Jimmy vorstellen", rief sie und rannte vom Grundstück auf den Schotterweg zurück, der zu dem Haus von Emmas Familie führte. Kurz vorher bog sie allerdings ab und rannte auf ein großes Gebäude zu.

„Das ist der Reiterhof – das Herzstück dieses Ortes", erklärte Nele und zeigte auf die alten Mauern, die sich gen Himmel zu strecken schienen. „Das war früher mal ein Rittergut. Davon gibt es hier in der Gegend wahnsinnig viele. Wahrscheinlich war jeder Zweite damals ein Ritter."

Sie führte Emma um das Gebäude herum, bis sie plötzlich auf einem riesigen Hof standen, der von einer Mauer umgeben war.

„Das sind die Stallungen", sagte Nele und zog Emma durch ein schweres Holztor.

„Ich glaub, ich bleibe lieber draußen", meinte Emma und blieb stehen.

Nele schaute sich zu ihr um und zwinkerte ihr zu. „Ich mag deine Witze!", sagte sie und zog Emma hinter sich her. Die beschloss, dass sie sich lieber nicht die Blöße geben und darauf bestehen würde, draußen stehen zu bleiben. Dabei schüchterten sie diese großen Tiere unheimlich ein. Einmal war Emma auf ein Pferd gesetzt worden und ihre Mutter hatte versucht, das Tier unter Kontrolle zu bekommen. Doch das hätte alles andere lieber getan, als ein Mädchen durch die Gegend zu tragen. Zu guter Letzt war der Gaul ihrer Mutter auf den Fuß gestiegen. Daraufhin hatte Emmas Mutter ihre Tochter vom Pferd gerissen und war mit ihr von der Weide gehumpelt. Nein – Pferde mochte Emma überhaupt gar nicht. Und jetzt befand sie sich zwischen den ganzen Boxen dieser Ungeheuer! Am liebsten wäre sie aus den Stallungen gerannt und hätte diesen Ort nie wieder betreten, aber sie wollte es sich nicht mit Nele verderben.

Immer auf Deckung bedacht, schlich Emma hinter Nele her, die ununterbrochen erzählte, wie jedes Pferd hieß, und viele der riesigen Pferdeköpfe mit einem Klaps freundlich begrüßte. In Emmas Magen grummelte es. Jedes Mal, wenn wieder ein Pferdekopf aus einer Box herauslugte, machte sie einen weiten Bogen um die Box herum. Nele schien das überhaupt nicht zu bemerken. Sie beschrieb fröhlich ihre schönsten Erlebnisse mit den Pferden.

Vor einer der Boxen blieb Nele stehen. Mit einer schwungvollen Armbewegung deutete sie auf die Box. „Darf ich vorstellen?", sagte sie strahlend. „Das ist Jimmy, mein bester Freund."

Nele riss das Holzgatter auf. Emma bekam sehr weiche Knie. Sie folgte mit ihren Augen ängstlich Neles Hand, die auf ein weißes glattes Fell zeigte. Emma schnappte nach Luft und versuchte, sich aus ihrer Versteinerung zu lösen.

„Danke, Jesus!", murmelte sie. „Ein Pony kann ich verkraften."

Nele schaute sie an und begriff anscheinend erst jetzt, was mit Emma los war. „Hast du etwa Angst vor Pferden?", fragte sie und blickte Emma direkt in die Augen.

Emma nickte und ließ die Schultern hängen.

„Na, dann ist das gerade der erste Moment, in dem ich wirklich dankbar bin, dass Jimmy nur ein Pony ist und kein riesiger Wallach", meinte Nele. „Jimmy ist schließlich mein kleiner Engel. Nicht wahr?", sagte sie in Jimmys Richtung. Sofort kam das Pony auf Nele zu und schmiegte sich an sie, während sie durch seine Mähne wuschelte.

„Du bist der Beste!", flötete sie und kuschelte sich an ihr Pony.

Emma musste grinsen, weil Nele so verliebt aussah.

„Komm, sag meiner neuen Freundin Hallo", forderte Nele ihr Pony auf. Jimmy wieherte und nickte Emma zu.

Emma schüttelte ängstlich den Kopf, wich einen Schritt zurück und nickte Jimmy ihrerseits höflich zu. „Er scheint ein richtig netter Kerl zu sein", sagte sie unsicher und trat nervös von einem Fuß auf den anderen.

„Er ist der Beste!", schwärmte Nele. „Wenn du erst einmal mit mir geritten bist, dann kannst du ihm nicht mehr widerstehen."

Emma schüttelte heftig den Kopf. „Nein, nie im Leben wirst du mich auf ein Pferd kriegen. Das kannst du mir glauben!"

„Du hast vergessen, dass Jimmy ein Pony ist. Schau ihn dir doch mal an, er ist nur halb so groß wie du." Nele zwinkerte Emma zu und wandte sich dann an Jimmy. „Was meinst du, mein Kleiner? Werden wir sie überzeugen können, dass du ein ganz wunderbarer Kerl bist, der keiner Fliege etwas zuleide tun kann?"

Jimmy wieherte und nickte, als hätte er Neles Frage verstanden.

Nele hielt Emma ihre Hand hin. „Wollen wir wetten? Ich bin überzeugt, dass du eines Tages nicht mehr genug davon kriegen kannst, auf diesem wunderbaren Pony zu reiten."

Emma schüttelte energisch den Kopf – „Das glaubst aber auch nur du!" – und schlug ein.

„Die Wette gilt und Jimmy ist unser Zeuge", sagte Nele feierlich. Jimmy wieherte begeistert. Irgendwie konnte Emma den Gedanken nicht loswerden, dass er jedes Wort verstand.

„Wir wetten um einen Erdbeerbecher bei meiner Lieblingseisdiele", schlug Nele vor und blickte Emma siegesgewiss an.

„Oh, apropos Essen. Wie spät ist es eigentlich?",

fragte Emma. Sie erinnerte sich plötzlich an das Versprechen, das sie ihrer Mutter gegeben hatte.

„Fünf nach sechs", sagte Nele, nachdem sie auf ihre Armbanduhr geschaut hatte.

„Mist!", fauchte Emma. „Ich hab meiner Mutter versprochen, dass wir um sechs Uhr zum Abendessen da sind. Möchtest du bei uns zu Abend essen?"

Nele schlüpfte aus Jimmys Box und schloss sorgfältig die Tür. „Gerne! Zu Hause wartet nur eine Tütensuppe auf mich. Wenn das für deine Mutter wirklich okay ist, dass ich mitkomme ..."

Emma fasste Neles Hand und rannte mit ihr im Schlepptau durch den Stall, der ihr plötzlich gar nicht mehr so viel Angst einflößte wie noch vor ein paar Minuten. Keuchend kamen die beiden Mädchen bei Emmas neuem Zuhause an.

„Da seid ihr ja!", rief Emmas Mutter, als sie in das provisorische Esszimmer traten. „Wir dachten schon, wir müssen ohne euch anfangen."

Emma und Nele setzten sich auf die zwei freien Stühle. Alle reichten sich die Hände. Nele schaute Emma fragend an.

„Ich bete und danke für das Essen", erklärte Emmas Vater.

Alle schlossen die Augen. Nur Nele schaute ein wenig verwirrt in die Runde, während Emmas Vater ein Gebet sprach. *Es hört sich eher an, als würde er mit einem Freund reden als mit irgendeinem Gott,* dachte sie.

Nach dem „Amen" schaute Nele zu Emma. Die grinste. „Ich wette mit dir, dass du dir eines Tages nichts Normaleres mehr vorstellen kannst, als Gott zu danken." Emma hielt Nele ihre Hand hin und die lachte und schlug ein.

Karotte zum Fürchten

Die nächsten Tage hätten schrecklich langweilig werden können. Kartons ausleeren, Sachen in den Schränken verstauen, Möbel aufbauen, Kartons kleinmachen, Bilder aufhängen ... Wäre da nicht Nele gewesen. Nele schaffte es, auch bei einer völlig langweiligen Sache Riesenspaß zu haben. Emma staunte über die Ideen ihrer neuen Freundin, die sich Bücher auf dem Kopf stapelte, um sie ins Regal zu bringen; die einen Hürdenlauf mit Emmas Vater über die Kartons durch das neue Wohnzimmer startete; die in der Küche beim Einräumen der Gläser ein Klangkonzert zum Besten gab und auf diese Weise einfach aus jeder Tätigkeit ein Erlebnis machte. Emma konnte sich nicht erinnern, wie lange es her war, dass sie als Familie so oft zusammen gelacht hatten. Vielleicht lag es auch an ihren Eltern, die, seitdem sie hier eingezogen waren, viel fröhlicher und entspannter wirkten.

Während Emma darüber nachdachte, sortierte sie ihre Klamotten in ihren neuen Schrank. Sie strich über einen Minirock, den sie sich erst vor Kurzem gekauft hatte. *Zu welchem Anlass soll ich den hier in der Pampa tragen?* Emma schmunzelte und wunderte sich, dass überhaupt keine Wut in ihr aufstieg. Ihre Wut über den Umzug ins Nirgendwo war völlig verschwunden und machte in ihrem Herzen Platz für die Vorfreude auf viel Neues, das sie hier entdecken wollte. Und irgendwie beschlich sie eine merkwürdige Erleichterung darüber, dass sie dabei nicht allein sein würde, sondern dass das Mädchen mit den grünen Hosen und dem hellblonden Wuschelkopf mit von der Partie war.

Zwischen ihren zusammengefalteten T-Shirts entdeckte Emma ihr rotes Notizbuch, in das sie schon seit einigen Monaten ihre Lieblingsstellen aus der Bibel reinschrieb. *Wie ist das nur hier zwischen all den Sachen gelandet?*, fragte sich Emma. Nachdenklich blätterte sie in dem Notizbuch. Jetzt fiel es ihr wieder ein: Vor ein paar Wochen hatte sie das kleine Buch vor Wut in ihren Kleiderschrank geschmissen und unter ihrer bunten Sockensammlung versteckt. Irgendwie hatte sie das Gefühl gehabt, dass ihre Gebete sinnlos waren und Gott sie alleingelassen hatte. Wie konnte er es sonst zulassen, dass sie von ihren Eltern in die Wildnis verschleppt werden sollte?

Während ihre Erinnerungen in ihrem Kopf ein klares Bild von jenem Tag zeichneten, fiel Emmas Blick auf einen Vers, den sie mit einer Blumenranke eingerahmt hatte: *„Und wir wissen, dass für die, die Gott lieben, alles zum Guten führt."* Genauso fühlte es sich an – als ob Gott aus diesem schrecklichen Umzug etwas Gutes machen würde. Emma musste lächeln, als ihre Gedanken zu Nele wanderten, die an ihrem ersten Tag wie aus dem Nichts aufgekreuzt war.

„Danke!", sagte sie und legte das rote Notizbuch auf ihr kleines Nachttischchen. „Du meinst es, glaub ich, doch gut mit mir!"

„Das kannst du wohl glauben!"

Emma zuckte zusammen und drehte sich um.

„Eine Fuhre Plätzchen von meiner Mutter, damit ihr nicht vom Fleisch fallt." Nele hielt Emma eine Schüssel mit Keksen vor die Nase. Doch anstatt sich zu bedienen, brach Emma in lautes Lachen aus. „Was ist das denn jetzt schon wieder?" Sie zeigte auf den Jägerhut, den sich Nele auf den Kopf gesetzt hatte.

„Den habe ich von deinem Dad bekommen. Ein altes Stück, das aus unerklärlichen Gründen in einen der Kartons geraten ist. Stell dir vor, er wollte dieses wunderbare Stück gerade in die Mülltonne verfrachten, als ich mit der Schüssel von meiner Mutter auftauchte."

„Wirklich unerklärlich!", lachte Emma und hielt sich die Hand vor den Mund.

„Die Farbe ist einwandfrei und die coolen Federn, die da dranstecken – hammermäßig! Wenn ich nächste Woche damit in die Schule gehe, bin ich die Attraktion – das kannst du glauben."

Schule – was für ein Stichwort. Schlagartig war Emma der Spaß vergangen. Natürlich wusste sie, dass der Tag X irgendwann kommen würde, aber jetzt stand er direkt vor der Tür: der erste Tag in ihrer neuen Schule. Emma überlegte, ob sie Nele dazu befragen sollte, was sie am Montag am besten anziehen sollte, um einen guten ersten Eindruck zu machen. Doch dann beschloss sie, dass ein Mädchen mit einem Försterhut auf dem Kopf wahrscheinlich nicht die kompetenteste Instanz in Sachen Modefragen war. Seufzend dachte Emma zurück an ihre alte Clique. Die Mädels hätten sofort gewusst, mit welchen Klamotten Emma den besten Eindruck machen würde. Nachdenklich starrte Emma in ihren Schrank. Mit einer Jeans lag sie vermutlich nicht daneben. Doch dazu – das rote Top? Oder die schicke Bluse mit den Rüschen ...?

Nele wedelte mit einem Plätzchen vor Emmas Nase herum. „Hallo, hallo, Förster an Erde: Ist jemand zu Hause?"

Emma kehrte ruckartig in die Realität zurück. „Ja, schon klar. Hab nur gerade an nächsten Montag gedacht."

„Montag?"

„Naja ... Schule halt."

„Ach so." Nele zuckte unbekümmert die Schultern. „Kein Thema. Ich hole dich ab, wir fahren mit dem Fahrrad und sind in zehn Minuten da. Dann nehme ich dich einfach mit, stelle dich den Lehrern und den anderen vor, das war's."

„Meinst du wirklich?" Emma war immer noch unsicher. „So ein bisschen Schiss habe ich schon. Ich kenne da doch niemanden. Ich meine – was denkst du denn, was ich anziehen sollte? Was haben die anderen Mädels denn so an?"

Nele starrte Emma an. „Das fragst du mich? Was die anderen anhaben? Keine Ahnung ..." Sie drückte sich den Hut schief auf den Kopf und musterte sich verliebt im Spiegel über Emmas Kommode. „Aber ich glaube, mit grünen Klamotten liegst du garantiert nicht falsch." Sie warf ihrem Spiegelbild eine Kusshand zu und drehte eine Pirouette, die ihre Ballett-Schwester nicht besser hinbekommen hätte.

Dann warf sie sich neben Emma aufs Bett. Die beiden Mädchen sahen sich an und brachen in lautes Lachen aus, bis ihnen die Tränen kamen.

„Dann muss ich wohl noch mal shoppen gehen", keuchte Emma schließlich und hielt sich den Bauch, der immer noch von Lachsalven geschüttelt wurde. „Denn ich glaube nicht, dass ich was Grünes in meinem Schrank habe." Dann deutete sie auf Neles Hut. „Du willst nicht ernsthaft mit dem Ding in die Schule gehen, oder?!"

„Wenn du glaubst, dass ich das nicht mache, dann kennst du mich aber schlecht, Miss Kichererbse. Außerdem mag ich das Ding wirklich. An dem Geruch muss ich noch arbeiten ..." Nele zog sich den Hut mit einer schnellen Handbewegung vom Kopf und rümpfte die Nase. „Riecht ein wenig nach altem Staub und Mottenkugeln." Sie schwenkte den Hut hin und her. „Aber meine Mutter hat da so ein Mittel, das wird wohl wirken. Damit sprüht sie auch meine Sachen immer ein, wenn ich ihrer Meinung nach zu sehr nach Pferden und Stall rieche. Apropos Pferdestall: Ich habe eben von deiner Mutter die Erlaubnis für einen gemeinsamen Ausritt bekommen."

„In deinen Träumen!" Emma schüttelte heftig den Kopf.

„Aber du kannst doch wenigstens mitkommen. Ich glaube, du träumst sonst heute Nacht von Kartons, Schränken und irgendwelchen Sachen, die du wegräumst, wenn du nicht langsam deine Nase mal woanders hineinsteckst als in irgendwelche Kartons."

„Das stimmt allerdings." Emma sprang vom Boden auf und fasste Nele an der Hand. „Ab, raus mit uns,

Frau Oberförsterin!", sagte sie und zog Nele mit sich. „Aber das mit dem Reiten kannst du vergessen!"

Die beiden Mädchen sprangen wie zwei fröhliche Eichhörnchen aus dem Haus und rannten zu den Ställen.

***

Auf einer großen Weide vor den Ställen standen einige Pferde und Ponys. Nele kletterte auf den Holzzaun und pfiff laut. Einige Sekunden später trabte Jimmy genau auf sie zu.

„Wow, als ob er nur auf dich gewartet hätte!", staunte Emma und schaute zu, wie Nele ihr Pony liebevoll begrüßte und sich an Jimmy kuschelte. „Dass Jimmy dich überhaupt mit diesem schrulligen Hut erkannt hat!"

„Komm ruhig näher!", forderte Nele sie auf. „Du weißt doch, dass du vor Jimmy keine Angst haben musst."

Sie winkte Emma heran, die sich vorsichtig Schritt für Schritt dem Holzgatter näherte. Als sie tatsächlich direkt am Zaun stand, streckte sie ihre Hand aus, zog sie aber ruckartig wieder zurück, als Jimmy daran schnupperte.

„Na, versuch dich mal zu entspannen", sagte Nele. Sie kletterte über den Zaun zurück zu Emma und stellte sich direkt hinter sie. „Jimmy ist eigentlich wie ein kleines Kätzchen", erklärte sie, „er mag es, wenn man ihn kuschelt und mit ihm schmust. Eigentlich ist es ihm völlig wurscht, wer das tut." Nele führte Emmas Hand über das weiche Fell von Jimmy. Während Emmas Herz bis zu ihrem Hals pochte, spürte sie das warme Fell unter ihrer Hand. Es fühlte sich überraschend angenehm an.

„Du brauchst überhaupt keine Angst zu haben!", flüsterte Nele ihr ins Ohr, „Jimmy mag dich. Das sieht man an seiner Körperhaltung."

Kurze Zeit später hielt Nele Emma eine Möhre hin, die sie aus der grünen Latzhose gezogen hatte. „Hier, die kannst du Jimmy geben, dann bist du seine beste Freundin. Ich muss nur schnell etwas holen." Ohne auf Emmas Antwort zu warten, rannte Nele auch schon los.

Emma verzog ihr Gesicht, als sie auf die Möhre in ihrer Hand schaute. Was hatte sich Nele nur dabei gedacht? Warum tat sie so etwas? Konnte Nele nicht wie jeder normale Mensch zuhören, wenn man ihr etwas sagte? Plötzlich wünschte sich Emma, ihre alten Freundinnen wären hier. Die hatten sie wenigstens immer verstanden, sie liefen mit schicken Klamotten herum und fanden Tiere genauso unnütz wie sie selbst. Eigentlich sollte sie mit einem Milchshake in der Hand vor einer Boutique stehen – doch stattdessen stand sie mit einer Möhre in der Hand vor einem Pferdegatter.

Durch ein lautes Schnaufen wurde Emma aus ihren wütenden Gedanken gerissen. Sie blickte auf. Hatte sie nur das Gefühl oder schaute Jimmy sie mit seinen sanften braunen Augen wirklich bettelnd an? Sie zögerte und kämpfte mit sich selbst.

„Ich würde sie dir gerne geben", sagte Emma zu Jimmy und fand die Tatsache, dass sie mit einem Pony sprach, furchtbar affig. „Aber du siehst ja selbst, wie meine Hände zittern. Ich schaff das nicht!" Sie versuchte sich einen Stoß zu geben. Aber irgendetwas in ihr drin weigerte sich, ihrer Hand den Befehl zu geben, sich über den Zaun zu strecken.

Emma ging ein paar Schritte vom Holzgatter weg und merkte, wie sich die Anspannung in ihren Knochen langsam löste. Dann lief sie ein paar Meter am Holzgatter entlang und legte in einiger Entfernung zu Jimmy die Möhre oben auf das Holz. Erst als sie wieder einen Schritt zurückgegangen war, kam Jimmy langsam auf das Gatter zu und schnappte sich die Möhre.

„Danke!", flüsterte Emma. Sie war erstaunt darüber, dass Jimmy ihr scheinbar Zeit gab, sich ihm allmählich anzunähern. Als sie Schritte von hinten hörte, schaute sich Emma um.

„Wie ich sehe, hast du die Aufgabe mit Bravour gelöst", meinte Nele, die sich einen Rucksack auf den Rücken geschnallt hatte, und deutete auf die leere Hand von Emma.

Emma zog die Augenbrauen hoch und verkniff

es sich, detaillierter zu berichten, wie die Möhre in Jimmys Maul gelangt war. Jimmy wieherte stattdessen freudig, als wolle er das Lob von Nele bestätigen. *Jetzt fehlt nur noch, dass mir Jimmy zuzwinkert*, dachte Emma und musste über diese Vorstellung schmunzeln.

Picknick mit Pferdeäpfeln

„Ich hatte eben eine unglaublich tolle Idee!", riss Nele Emma aus ihren Gedanken. „Bei dem wundervollen Wetter gibt es nichts Schöneres als ein Picknick mit Freunden!" Sie deutete auf den Rucksack, den sie sich auf den Rücken geschnallt hatte. „Da ist alles drin, was wir dafür brauchen."

Nele nahm die Lederriemen, die sie sich über die Schulter gehängt hatte, und lief den Zaun entlang bis zu einem großen Gatter. Jimmy folgte ihr auf der anderen Seite des Zaunes.

„Äh", stotterte Emma, als sie sah, dass Nele Jimmy den Halfter anlegte. „Kommt Jimmy auch mit?"

Nele machte ein Gesicht, als hätte sie in eine Zitrone gebissen. „Picknick mit *Freunden!*", wiederholte sie jetzt und betonte es überdeutlich. „Schau doch mal, wie verliebt dich Jimmy anschmachtet! Und du kannst es doch nicht leugnen, dass du ihm eine Möhre als Freundschaftsangebot gegeben hast, oder?!" Nele ließ ihre Sommersprossen tanzen, während sie fragend ihr Gesicht verzog.

„Du, weißt du, Nele", versuchte sich Emma jetzt aus der Situation herauszumogeln, „ich glaub, ich muss jetzt echt wieder nach Hause. Schließlich habe ich meine Kartons immer noch nicht alle ausgepackt. Ich würde ja gerne mit dir und Jimmy mitkommen, aber ich bin mir sicher, ihr habt ohne mich viel mehr Spaß!" Unruhig trat Emma jetzt von einem Fuß auf den anderen, weil sie genau wusste, dass das nicht der wahre Grund war, weshalb sie gehen wollte. Im Grunde war sie gerade nicht ehrlich zu Nele.

„Hör mir mal zu, neue Freundin!", sagte Nele jetzt bestimmt. „Ich verspreche dir, dass du nicht auf Jimmy reiten musst. Er läuft ganz lieb neben mir, hier an dem Führstrick, und wird dir nicht zu nahe kommen – es sei denn, du entschließt dich, dass das okay für dich ist. Aber ich kann ihn hier nicht stehen lassen. Du hast ja gesehen, wie sehr er schon darauf gewartet hat, dass ich komme."

Emma fühlte sich ziemlich unwohl. Nele hatte sie sofort durchschaut. Konnte sie ihr dieses Picknick überhaupt abschlagen, wenn sie sogar bereit war, für Emma auf ihren Ausritt zu verzichten?

Schweren Herzens gab sie sich einen Ruck. „Okay, so machen wir es. Ich komme mit!"

Ein Funkeln blitzte in Neles Augen auf und sie nahm Emma freudestrahlend in den Arm. *Wie konnte ich eben noch so wütend auf sie sein?*, schoss es Emma durch den Kopf. Sie musterte ihre Freundin und schenkte ihr ein liebevolles Lächeln.

Nach ein paar Minuten befanden sich die beiden Mädchen mit Jimmy im Schlepptau auf einem kleinen Trampelpfad in Richtung Wald.

„Auf diesem Pfad hier, hinter der riesigen Hecke, kann man sich selbst mit einem Pferd unbemerkt vom Reitergut davonstehlen. Hab das schon so einige Male ausgenutzt, wenn mich meine Mum zum Zimmeraufräumen verdonnert hat. Und das Beste ist: Von hier aus kommt man zu einer wunderschönen Lichtung im Wald", schwärmte Nele. „Ich liebe diesen Ort. Es gibt keine schönere Stelle als dort! Total abgelegen!"

„Noch abgelegener als da, wo wir gerade herkommen?", fragte Emma und kratzte sich am Kopf. „Mir wird noch ganz komisch vor lauter Ruhe!"

„Wart's ab! Es wird dir gefallen", entgegnete Nele und marschierte weiter.

Wie war es zu dem allen hier gekommen? Emma spazierte mit einer Freundin, die sich als Förster verkleidet hatte, durch einen Wald zu einem der ruhigsten und einsamsten Orte auf der Welt – und das noch in Begleitung eines Pferdes. *Naja, eines kleinen Pferdes*, verbesserte sich Emma innerlich und schaute zu Jimmy, der treu neben Nele hertrottete. Was für ein Anblick! Ihre Freundinnen in der Stadt würden sich totlachen, wenn sie Emma hier sehen könnten. Aber komischerweise fühlte sich Emma gar nicht so schlecht mit dieser Veränderung.

„Das gibt es ja wohl nicht!", schrie Nele plötzlich auf und ging ein paar Schritte auf etwas zu, das am Boden lag.

Emma war vor Schreck zusammengezuckt und folgte ihrer Freundin schnell. „Was denn?", fragte sie panisch.

Nele deutete auf ein paar kleine Haufen, die auf dem Trampelpfad lagen. Sie beugte sich runter und hielt ihren Zeigefinger in einen der Pferdeäpfel. „Das darf doch nicht wahr sein! Der ist noch frisch!", jaulte sie auf.

Emma verzog angewidert ihr Gesicht. „Warum fasst du das an?", fragte sie entsetzt.

Nele zog ein zerknülltes Taschentuch aus ihrer Hose und versuchte damit, ihren Zeigefinger, der eben noch in dem Pferdeapfel gesteckt hatte, abzuputzen.

Emma verdrehte angeekelt die Augen und rümpfte ihre Nase. Ihr Bauch zog sich zusammen und verursachte ein komisches Gefühl. „Du kannst doch nicht etwa ...“

„Hier war jemand! Und noch dazu mit einem Pferd! Ich dachte, das wäre mein geheimer Platz, und nun ... jetzt finde ich diese frischen Pferdeäpfel." Neles Gesicht wurde rot vor Wut und sie ballte ihre Fäuste.

„Ach, Nele!", versuchte Emma ihre Freundin zu trösten. „Wahrscheinlich hat derjenige sich nur verlaufen und ist ganz zufällig hier hingekommen. Lass uns doch erst einmal zu deiner Lichtung gehen und dort nachschauen."

Nele nickte stumm und lief energisch weiter. Nach ein paar Schritten befanden sie sich mitten auf einer wunderschönen Lichtung. Nele hatte wirklich nicht übertrieben. Auf einem zarten Wiesenteppich leuchteten tausende weiße Blümchen. Emma blieb bei dem Anblick der Mund offen stehen.

„Schau da!", brüllte Nele wieder und stapfte schnaufend auf einen Baum zu. „Das darf doch wohl nicht wahr sein! Müll einfach hier in die Natur geschmissen. Wenn ich die erwische!" Sie stampfte wütend mit dem Fuß. „Als ob es nicht schon schlimm genug wäre, dass sie meinen Geheimplatz entdeckt haben – nein, jetzt schmeißen sie hier noch ihren Müll hin!"

Nele schob das zerknüllte Papier und einige Dosen mit ihren Gummistiefeln zu einem kleinen Haufen zusammen und fauchte wütend durch die Gegend. Emma hingegen schaute sich mit staunenden Augen um. Ihr erster Blick hatte sie getäuscht – auf der Wiese wuchsen nicht nur weiße Blümchen, sondern auch ganz viele andere in verschiedenen Farben. So etwas hatte sie in ihrem ganzen Leben noch nicht gesehen! Das Einzige, das in der Stadt wuchs, waren Gänseblümchen und Löwenzahn. Emma ließ sich auf den Blumenteppich fallen und schaute in den blauen Himmel, der von den grünen Baumkronen wie ein Bild von einem wertvollen Rahmen eingerahmt wurde.

„Wow, das hier ist megaschön!", seufzte Emma. Sie beobachtete, wie eine weiße Wolke am blauen Himmel vorüberzog und sich in die verschiedensten Formen verwandelte.

„Du hast recht!", meinte Nele und ließ sich neben Emma ins Gras fallen. „Dieser Ort ist viel zu schön, um wutschnaubend herumzustampfen."

Während die beiden im Gras lagen und in den Himmel schauten, stand Jimmy entspannt neben ihnen und knabberte am grünen Gras. Es kam Emma so vor, als wäre die Zeit vollkommen stehen geblieben. Sie liebte diesen Ort jetzt schon und konnte verstehen, warum es Neles Lieblingsort war. Es herrschte ein unglaublicher Frieden, der vom leisen Rauschen der Bäume noch unterstrichen wurde. Warum hatte Emma vorher noch nie erlebt, dass die Natur so unheimlich schön war?

Eine Biene summte neben ihr im Gras und flog von einer Blüte zur nächsten. *Wow*, dachte Emma, *du bist ja ganz schön beschäftigt.* Sie folgte dem Insekt fasziniert mit ihren Blicken, bis Nele in ihrem Blickfeld erschien. Emma musste schmunzeln: Nele lag mit geschlossenen Augen und einem irre langen Grashalm im Mund neben ihr im Gras. Die Beine hatte sie übereinandergeschlagen und den Strick, der an Jimmys Halfter festgemacht war, um eines ihrer Beine gewickelt. Neles Försterhut, den sie sich auf den Bauch gelegt hatte, wippte gleichmäßig hoch und runter. Es war ein total komischer Anblick, aber irgendwie passte das Bild, das Nele abgab, trotzdem perfekt in die Umgebung.

Danke, Jesus!, dachte Emma. *Danke, dass du die Natur so herrlich gemacht hast, und danke für dieses verrückte Mädchen neben mir und ihr wunderschönes Pferd – äh Pony – du kennst den Unterschied mit Sicherheit besser als ich.* Emma musste bei dem Gedanken lächeln.

Genau in diesem Moment sprang Nele von jetzt auf gleich auf ihre Füße. Wieder fuhr Emma erschrocken zusammen und hielt den Atem an. Auch Jimmy schaute mit nach oben gestreckten Ohren und weit aufgerissenen Augen auf und beobachtete Nele genau.

„Keine Ahnung, wie es euch geht, aber mein Magen ist leer und freut sich auf die Leckereien in meinem Rucksack." Nele grinste bis über beide Ohren und Emma atmete tief aus.

„Kannst du das beim nächste Mal bitte etwas unspektakulärer ankündigen, Frau Försterin? Du hast mir und Jimmy einen Riesenschrecken eingejagt!"

Nele schaute von Emma zu Jimmy und brach in

lautes Gelächter aus. „Schaut euch die beiden Angsthasen an", lachte sie und hielt sich den Bauch. „Hier stehen sie, das schreckhafte Stadtmädchen und das Pony, das ausschaut wie ein kleines Schaf."

„Na, warte!", schimpfte Emma und wollte sich auf Nele stürzen. Die aber wich geschickt aus, sodass Emma ins Gras plumpste.

„Jetzt bist du dran, Förster-Girly!", schnaubte Emma scheinbar wütend, doch ein Grinsen huschte über ihr Gesicht. Eine wilde Jagd begann über die Lichtung, bis Emma Nele endlich erwischt hatte und sie sich lachend über den Boden rollten. Jimmy beobachtete das Schauspiel aus der Entfernung und ließ sich nicht weiter aus der Ruhe bringen.

„So, jetzt hab ich aber auch Hunger!", keuchte Emma nach einer Weile.

Nele schnappte sich den Rucksack und kippte den Inhalt vor Emma ins Gras aus. „Bitteschön!", kicherte sie und deutete mit einer einladenden Handbewegung auf den Haufen. Dann zog sie geschickt eine Möhre aus dem Berg von Dosen, Riegeln, Obst und Gemüse und hielt sie ihrem Pony hin. Jimmy kam angetrabt und knabberte die Möhre aus Neles Hand.

„Du bist mein Bester!", sagte Nele, während sie Jimmy liebevoll auf sein Fell klopfte.

„Er ist schon irgendwie besonders", stellte Emma fest und sah sich das Zweiergespann an.

„Du hast uns noch nicht reiten gesehen!" Nele

zwinkerte Emma zu und machte sich daran, die herrlichsten Leckerbissen aus dem Haufen vor ihnen zu ziehen.

„Wo hast du denn dieses Sammelsurium von Köstlichkeiten her?", fragte Emma, während sie in einen Apfel biss.

„Aus der Speisekammer meiner Mutter", antwortete Nele etwas undeutlich, weil sie den Mund gerade ziemlich vollgestopft hatte.

„Und damit ist sie einverstanden?", fragte Emma mit gerunzelter Stirn.

„Kein Problem. Das ist meine Mum schon gewöhnt. Außerdem muss der Mensch ja auch etwas essen." Nele stopfte sich einen dicken Happen Apfelkuchen in den Mund und schmatzte genüsslich.

Die nächste halbe Stunde wurde geschlemmt; danach lagen Nele und Emma wieder faul im Gras.

„Willst du es mal sehen?", fragte Nele.

„An was hast du denn jetzt gedacht?", fragte Emma schläfrig.

„Na, wie ich auf Jimmy reite!" Nele sprang auf.

„Aber du hast doch gar keinen Sattel dabei", erwiderte Emma verwirrt und kratzte sich am Kopf.

„Den brauch ich gar nicht, stimmt's, mein Großer?", sagte Nele, während sie sich an Jimmy schmiegte, und schaute ihn verliebt an.

Wie kann man nur ein Tier so anschmachten!, dachte Emma. *Das ist doch lächerlich!* Doch im gleichen Moment, als dieser Gedanke durch ihren Kopf schoss, merkte Emma, wie sich in ihrem Herzen etwas rührte, das sich nach Bedauern oder Neid anfühlte. Energisch verscheuchte sie ihre Gedanken und Gefühle wie eine lästige Fliege und richtete ihre ganze Aufmerksamkeit auf ihre neue Freundin, die sich auf Jimmys Rücken geschwungen hatte, sich in seiner Mähne festhielt und so am Rand der Lichtung entlangritt.

Wow!, dachte Emma beeindruckt und sah den beiden hinterher. *Als gehörten sie zusammen.* Inzwischen waren Nele und Jimmy in einen Galopp übergegangen. *Irgendwie sieht das aus, als würden die beiden über die Wiese schweben*, dachte Emma, *das muss ein wunderschönes Gefühl sein!*

Und tief in ihrem Herzen spürte sie auf einmal, wie die Hoffnung darauf, auch irgendwann mal so auf einem Pferd zu reiten, ihre Angst ein kleines Stückchen verdrängte.

Das geduldige Pferd

Emma verzierte die Worte, die sie in ihr kleines rotes Notizbuch geschrieben hatte, mit bunten Kringeln und betrachtete ihr Werk. „Gott, jetzt habe ich neuen Mut gefasst, voller Vertrauen blicke ich in die Zukunft." Der Vers war ihr förmlich ins Gesicht gesprungen, als sie eben in den Psalmen gelesen hatte. Genauso fühlte es sich in Emmas Herzen an – als ob sie neuen Mut für ihr neues Leben hier am schönsten Ende der Welt bekommen hätte. Emma strich sich eine Haarsträhne aus dem Gesicht und musste grinsen. Hatte sie gerade diesen Ort mit dem schönsten Ende der Welt verglichen? Sie schüttelte den Kopf. Bisher war das immer ihre Bezeichnung für die Großstadt gewesen. Geschäfte, lustiges Treiben, Menschen ohne Ende, überall Beton und vor allem megaviele Geräusche. Wie konnte es sein, dass ihr das alles gar nicht mehr so wichtig erschien? Emma rieb sich über die Stirn und schüttelte diese Gedanken ab, als seien sie lästig.

Die ersten Tage in ihrer neuen Klasse waren dank Nele – die tatsächlich nach den Ferien mit dem Försterhut zum Unterricht erschienen war – richtig gut geworden. Ihre Lehrerin hatte Emma gleich am ersten Tag in ihr Herz geschlossen. Ihre Klassenkameraden waren zwar total anders als ihre Klassenkameraden aus der Stadt, aber sie machten es Emma echt einfach, sich wohlzufühlen. Sie hatten Emma weder neugierig angestarrt noch hinter ihrem Rücken geflüstert, sondern sie ganz selbstverständlich in ihre Klasse aufgenommen. Emma spürte, wie sie sich entspannte. Vor der neuen Schule hatte sie schon ziemlich viel Angst gehabt. Dass das alles so problemlos lief, war eine Riesenerleichterung und eine echte Gebetserhörung.

Emma rollte sich auf ihren Rücken und starrte an die weiße Decke über ihrem Bett. Wie Schmetterlinge stiegen ihre Gedanken in die Höhe und zauberten ein Lächeln auf ihr Gesicht. Ihre Mutter, die immer noch damit beschäftigt war, ihr Haus einzurichten und die letzten Vorbereitungen für die Eröffnung ihrer Pension zu treffen, pfiff unten in der Küche vergnügt ein Lied, als das schrille Klingeln der Haustürklingel ertönte und die Schmetterlinge über Emmas Kopf verjagte.

„Da müssen wir uns unbedingt noch etwas anderes ausdenken – diese Klingel ist ja der reinste Horror", stöhnte Emma, setzte sich auf die Bettkante und schlüpfte in ihre Hausschuhe. Sie hörte, wie jemand mit eiligen Schritten die Treppe hochsprang, und war sich sicher, dass Nele jeden Moment in ihr Zimmer treten würde.

Mit einem lauten Krachen schwang ihre Zimmertür auf und prallte gegen die Wand. Nele kam stampfend in ihr Zimmer und schmiss sich mit hochrotem Kopf neben Emma aufs Bett. „So eine Unverschämtheit!", fauchte Nele und kaute verärgert auf ihrem Daumen herum. „Sie haben es schon wieder getan."

Emma schüttelte den Kopf und legte ihre Hand auf den Kopf ihrer Freundin. „Jetzt komm erst mal ein bisschen runter, sonst fangen deine Gehirnzellen noch an zu kochen." Sie schüttelte ihre Hand, als hätte sie sich ihre Finger am Kopf ihrer Freundin verbrannt. „Schnapp mal nach Luft und beginn am Anfang, damit selbst so ein Stadtmädel wie ich versteht, worum es hier gerade geht." Emma setzte sich aufrecht hin.

„Die waren schon wieder auf meiner Lichtung", schnaubte Nele und ballte ihre Fäuste. „Nicht genug, dass ich seit Neuestem den schönsten Platz in der Umgebung teilen muss. Nein, diese Wildschweine lassen auch noch ihren Müll dort herumliegen. Mein ganzer

Rucksack ist vollgestopft mit ekelhaftem Plastikzeug. Wer macht denn so etwas?" Völlig frustriert ließ sich Nele zurück auf Emmas Bett sinken und knabberte wieder auf ihrem Daumen herum. Emma legte ihre Hand auf Neles Bein und stöhnte. Hätte ihr jemand noch vor einem Monat erzählt, dass herumliegender Müll ein Problem sein würde, dann wäre ihre Reaktion wohl ein heftiger Lachanfall gewesen. Aber was in der Stadt irgendwie dazugehörte, erwies sich hier am Ende der Welt tatsächlich als fettes Problem. Auch Emma hatte sich in diesen idyllischen Ort verliebt und mochte den Gedanken überhaupt nicht, dass ihn jemand zerstören wollte.

„Wir lauern ihnen einfach auf!", hörte sie sich jetzt selbst rufen. „Und dann finden wir eine Möglichkeit, sie von dort zu vertreiben."

Wir lauern ihnen auf und vertreiben sie? Emma verzog ihr Gesicht. *Was sollte das denn jetzt?*, wunderte sie sich über sich selbst. Seit wann klopfte sie solche Sprüche?

„Das ist es!", rief Nele und sprang sofort auf ihre Beine. „Heute werden sie wohl kaum noch mal kommen, nachdem sie gerade da waren."

„Woher willst du wissen, dass sie heute da waren?", fragte Emma und kniff angewidert ihre Augen zusammen. Vor ihrem inneren Auge sah sie, wie Nele prüfend ihren Finger in einen Pferdeapfel steckte. „Du hast es nicht schon wieder getan Nele, oder?", stöhnte sie. „Mensch, Nele, wenn du das noch mal machst, dann fasse ich dich nie wieder an!" Emma hielt sich angeekelt die Hand vor ihren Mund und versuchte krampfhaft, das komische Gefühl, das in ihrem Magen aufstieg, zu unterdrücken.

Nele beachtete Emma gar nicht, sondern wanderte wie ein Löwe im Zoo hin und her, ihr Gesicht hochkonzentriert. Fast meinte Emma, Rauch aus ihrem Kopf steigen zu sehen.

„Okay, morgen nach der Schule schleichen wir uns mit Proviant und Fernglas im Rucksack zur Lichtung. Du kannst deinen Eltern ja erzählen, dass du bei mir zu Hause zum Mittagessen bist. Und dann machen wir es uns auf einem der hohen Bäume bequem und warten auf die Bande." Nele ließ sich auf den Schreibtischstuhl sinken und sah sehr zufrieden aus.

„Okay", stimmte Emma zu. „Das hört sich vernünftig an. Nur die Sache mit meinen Eltern regle ich anders."

Nele blickte Emma irritiert an.

„Ich werde sie in unseren Plan einweihen. Ich hab keine Lust, sie anzulügen, und außerdem können ein paar Mitwisser bei unserer Aktion nicht schaden."

„Meinetwegen." Nele nickte nachdenklich. „Stadtmädchen, ich mag dich. Du bist eine ehrliche Haut. Weißt du, ich mache es genauso. Ich schenke meinen Eltern auch reinen Wein ein – fühlt sich besser an." Nele zwinkerte Emma zu und deutete mit ihrem Kopf auf die Tür. „Jetzt aber mal raus hier, der Tag ist noch jung!"

Emma folgte ihrer Freundin nach unten und musste grinsen, als diese sich im Flur ihre Lieblingsgummistiefel überzog und den Försterhut auf die blonden Locken setzte.

Emma kicherte. „Ich hätte nicht im Ernst gedacht, dass ich den Anblick dieses schrecklichen Hutes länger als drei Tage ertragen muss."

„Sag nichts Schlechtes über diesen wundervollen Hut!", warnte Nele und hob drohend ihren Zeigefinger in die Luft.

„Ich bin um sechs wieder da!", rief Emma, bevor sie die Tür aufriss und mit Nele zusammen die Stufen hinuntersprang.

Die beiden Mädchen liefen in Richtung Reiterhof. Aus dem Stall kam ihnen ein Junge mit einem Pferd entgegen und begrüßte Nele. Emma machte ängstlich einen Schritt zurück, als das riesige Pferd viel zu dicht an ihr vorbeigeführt wurde. Dann schaute sie Nele fragend an.

„Das ist Peter", erklärte Nele. „Er ist der Sohn des Stallmeisters und wohnt auf dem Gut. Zusammen mit seinem Vater sorgt er auf dem Hof für Ordnung. Auf ihn wirst du hier noch öfter treffen. Er ist so weit ganz in Ordnung. Aber ich finde, er könnte mit den Pferden noch feinfühliger umgehen." Nele drehte sich um und ging in den Stall. Emma folgte ihr.

Emma beschlich zwar immer noch ein seltsames Gefühl zwischen den riesigen Tieren, aber ihre große

Angst war mittlerweile fast ganz verschwunden. Auf jeden Fall ließ sie sich nicht davon abhalten, Jimmy zu begrüßen. Neles Pony war Emma inzwischen schon viel vertrauter. Sie war überrascht, wie aufmerksam Jimmy ihr die nötige Zeit gab, ihn kennenzulernen. Während Nele ihr Pferd stürmisch begrüßte, stand Emma im Hintergrund und bewunderte wieder mal, wie sehr die beiden sich mochten.

„So, mein Großer", sagte Nele zu Jimmy, „du musst jetzt mal deine gute Stube räumen, damit wir es dir wieder gemütlich machen können."

Emma schaute Nele fragend an, die mit einem Kopfnicken auf eine Schubkarre deutete, die im Gang zwischen den Boxen stand. Emma machte sich daran, das Ding zur Box zu schieben, während Nele Jimmy an einem Pfosten außerhalb der Box mit einem interessanten Schlaufenknoten festmachte. Danach krempelte sie sich ihre Ärmel hoch und schnappte sich eine Mistgabel.

Emma lehnte am Boxeneingang und beobachtete ihre Freundin bei der Arbeit. Nach ein paar Augenblicken wandte die sich Emma zu und sah sie mit zusammengezogenen Augenbrauen an. „Wenn du mitmachst, Stadtmädchen, dann bin ich schneller fertig." Sie deutete mit einem Kopfnicken auf die zweite Mistgabel, die an der Boxenwand stand.

„Ich hab so etwas noch nie gemacht", stotterte Emma ein wenig überfordert.

„Dann wird es höchste Zeit! Meinst du nicht auch?"
Nele grinste Emma an. „Nun mach schon, ich hab heute noch etwas anderes vor."

Emma schüttelte den Kopf. Bekam dieses Mädchen immer alles, was sie wollte? Aus unerklärlichen Gründen schnappte sie sich trotz allem die Mistgabel und tatsächlich – gemeinsam war die Arbeit schnell getan und eigentlich gar nicht so unangenehm, wie Emma es sich beim Zuschauen vorgestellt hatte.

Nachdem die Box wieder mit frischem Stroh gefüllt war, schaute Nele Emma zufrieden an. „War doch gar nicht so schwer, Stadtmädchen, oder?!"

Wie von Zauberhand löste Nele den Knoten an Jimmys Führstrick mit nur einer ruckartigen Bewegung und ging mit Emma an der einen Hand und Jimmy auf der anderen Seite nach draußen auf den Reitplatz.

„So", seufzte sie zufrieden. Plötzlich drückte sie ohne Vorwarnung Emma den Führstrick von Jimmy in die Hand und lief mit wehenden Locken zum Stall zurück. „Hab noch etwas vergessen", rief sie, ohne sich umzublicken.

Emma wurde es heiß und kalt, als sie begriff, dass sie nun ganz allein mit Jimmy auf dem Platz stand. Sie merkte, wie sich auf ihren Fingern feine Schweißperlen bildeten, und schaute verstört in Jimmys Richtung. Dieser stand wie angewurzelt an seinem Platz und blickte sie freundlich an. Dann beugte er seinen

Kopf leicht nach unten, als wollte er sie höflich fragen, ob er näher kommen durfte.

Emma, die zitternd vor Jimmy stand, flüsterte: „Nein, Jimmy, ich kann noch nicht!"

Daraufhin blieb Jimmy abwartend stehen und blickte Emma freundlich mit seinen warmen braunen Augen an. Emma dachte an den Bibelvers, den sie vor ein paar Stunden in ihr Notizbuch geschrieben hatte, und betete innerlich: „Gott, schenk mir Mut und nimm die dumme Angst weg!"

Sie blickte wieder in Jimmys Richtung und merkte, wie die Angst nach und nach aus ihren Gliedern kroch. „Okay", sagte sie schließlich mit zitternder Stimme zu Jimmy, „ein bisschen näher ist okay für mich."

Daraufhin trat Jimmy ein wenig näher an sie heran, blieb aber wieder in seiner fragenden Haltung stehen und wartete geduldig. Eine eigenartige Wärme floss wie warmer Tee durch Emmas Brust. Entschlossen und ganz ruhig streckte sie ihre Hand in Jimmys Richtung.

„Du darfst!", flüsterte Emma.

Langsam kam Jimmy immer näher, bis er fast ihre Hand berührte. Emma zögerte, aber dann strich sie vorsichtig über Jimmys Nasenrücken, worauf er mit einem Schnauben reagierte. Emma fühlte Jimmys warmes, samtenes Fell unter ihren Fingern. Es war wunderbar!

„Na endlich!", rief Nele so plötzlich, dass Emma erschrocken zusammenfuhr. Mit einem breiten Grinsen im Gesicht schwang sich ihre Freundin über das Gatter. „Ich dachte schon, das wird nie was! Was für ein Glück, dass Jimmy so geduldig ist."

Jetzt strahlte Emma in Neles Richtung und ihr Herz hüpfte vor Freude.

„Dann kann nun Lektion Nummer zwei folgen", stellte Nele fest und wedelte mit zwei Reithelmen durch die Luft. „Du und ich auf Jimmys Rücken."

Emmas Herzschlag verdoppelte sich. Für einen Moment wusste sie nicht, ob der Grund dafür die Vorfreude auf den Ritt oder ihre Angst vor genau demselben war. Sie setzte sich den Helm auf den Kopf und schaute ihre Freundin an, die sich schon auf Jimmys Rücken geschwungen hatte. Nele streckte ihr eine Hand entgegen und zog Emma hinter sich auf den Pferderücken.

„Bist du bereit?", fragte Nele.

„Ich hoffe es", murmelte Emma und klammerte sich an das grüne T-Shirt vor sich.

„Na, dann wollen wir mal", sagte Nele und gab Jimmy ein Kommando, der daraufhin im Schritt mit den beiden Mädchen auf dem Rücken über den Platz stolzierte. Emma konnte es nicht fassen: Sie saß auf einem Pferd! Sie saß auf einem Pferd und das fühlte sich alles andere als schlimm an. Ihr Herzschlag beruhigte sich langsam wieder. Allmählich entspannte sich Emma und begann, die sanften Bewegungen des Tieres zu genießen. Es war eine unglaubliche Erfahrung – und in ihrem Herzen spürte Emma eine tiefe Verbundenheit zu Jimmy und ihrer verrückten Freundin.

Eine unglaubliche Entdeckung

Mit einem Rucksack auf dem Rücken stiefelten die Mädchen durch das Dickicht des Waldes. Nele war der Meinung, dass es besser war, die Lichtung auf einem anderen Weg zu erreichen, um keine Spuren zu hinterlassen.

„Aua!", jaulte Emma auf, als ihr ein Ast ins Gesicht peitschte.

„Oh, tut mir leid", entschuldigte sich Nele zerknirscht. „Ich hab einen Moment nicht aufgepasst."

„Müssen wir uns unbedingt durch dieses dichte Geäst schlagen? Das ist ja schlimmer als im Dschungel!", maulte Emma verärgert. „Meine Beine sind von diesen widerlichen Dornen schon ganz zerkratzt und blutig."

„Das ist der einzige Weg, um unbemerkt zur Lichtung zu gelangen", antwortete Nele knapp und hielt einen Ast fest, der sonst wieder mit Wucht in Emmas Gesicht zurückgeschnellt wäre. „Es ist nicht mehr weit. Die paar Meter schaffst du jetzt auch noch, Stadtmädchen!" Aufmunternd grinste Nele sie an, sodass ihre Sommersprossen wild über ihr Gesicht hüpften. Wider Willen musste Emma bei diesem Anblick kichern, obwohl sie Nele am liebsten gegen das Schienbein getreten hätte.

Tatsächlich befanden die beiden sich bald am Rande der Lichtung. Emma deutete auf einen hohen Baum mit ausladendem Geäst. „Ein idealer Platz für unsere Spionagetätigkeit."

Die beiden Mädchen kletterten flink auf den Baum und versteckten sich auf einem dicken Ast hinter der Blätterpracht.

„Hätte nicht gedacht, dass du so schnell hier oben heraufkommst", frotzelte Nele.

„Du meinst also, nur ihr auf dem Land könnt klettern? Ich habe Silber bei den Jugendklettermeisterschaften ergattert. Da schaust du, du Landei – oder?! Man kann auch an anderen Dingen hochklettern als nur an Bäumen!"

Nele zwinkerte Emma zu. „Da hast du es mir aber jetzt gezeigt. Werde ab sofort vorsichtiger sein mit solchen Bemerkungen." Sie presste ihre Hand auf ihr Herz, als wollte sie einen Schwur leisten.

„Okay, das reicht jetzt!" Emma klopfte Nele freundschaftlich auf die Schulter.

„Du glaubst gar nicht, mit welchen Leckereien meine Mutter den Rucksack gefüllt hat", wechselte Nele das Thema und fing an, darin zu kramen. Sie zog ein Fernglas heraus und hängte es sich um den Hals, dann holte sie zwei riesige Knackwürste aus dem Rucksack und hielt Emma eine vor die Nase.

„Genau das Richtige für ein Picknick auf einem Baum", seufzte sie zufrieden und lehnte sich an den Baumstamm, um sich genüsslich die Wurst in den Mund zu schieben.

„Woher weißt du eigentlich, dass wir genau um die Mittagszeit mit dem Besuch hier auf der Lichtung rechnen müssen?", fragte Emma und knabberte wie ein Hamster an der Wurst herum.

„Der Pferdeapfel!", raunte Nele geheimnisvoll und zog ihre Augenbrauen in die Höhe. „Der war noch ganz warm."

„Okay, lassen wir das Thema", sagte Emma hastig und schluckte ein wenig schwer den Bissen herunter, den sie im Mund hatte.

„Da!", flüsterte Nele plötzlich. „Hörst du das?"

Ein Knacken im Gehölz verriet, dass sich jemand – vielleicht waren es auch mehrere Personen – auf dem Weg zur Lichtung befand. Die beiden Mädchen hielten den Atem an und starrten in die Richtung des Weges. Wieder knackte es, erst leise, dann immer lauter. Es waren Stimmen zu vernehmen und leises Gekicher. Emma deutete auf einen weißen Schatten, der zwischen dem Dickicht immer wieder kurz zu sehen war. Nele nickte. Da – jetzt konnte man schon ein wenig mehr sehen! Es waren mindestens drei Pferde, die über den kleinen Trampelpfad zur Lichtung kamen. Angestrengt schauten die Mädchen in die Richtung. Emma hatte das Gefühl, als würde sich ihr Bauch vor Anspannung zusammenziehen. Sie beugte sich noch ein Stück nach vorne, um besser sehen zu können, und verlor dabei beinahe den Halt. Vor Schreck ließ sie sich ruckartig zurückfallen und hielt sich mit beiden Händen am Stamm des Baumes fest. Krampfhaft schnappte sie nach Luft. Nachdem ihr Herzschlag sich wieder einigermaßen beruhigt hatte, schaute Emma zu Nele, die wie erstarrt mit großen Augen auf die Lichtung hinabsah.

„Was ist los, Nele?", hauchte Emma. Doch sie bekam keine Antwort.

Auf der Lichtung machten jetzt insgesamt vier Jugendliche mit ihren Pferden Halt. Die vier – zwei Jungen und zwei Mädchen – banden die Pferde fest und breiteten eine Decke aus, auf der sie es sich bequem machten. Einer zog eine kleine Box aus seiner Tasche, aus der schrille Klänge über die Lichtung plärrten. Die anderen kramten Proviant aus ihren Rucksäcken.

Während die beiden Mädchen um die Wette kicherten, boxten sich die Jungen in die Seite und klopften coole Sprüche. War der eine nicht der Typ aus dem Stall, dieser Stallbursche? Emma schaute mit zusammengekniffenen Augen zu den Jungs, dann wieder zu Nele, die immer noch wie versteinert dasaß und deren Gesicht nun völlig kreidebleich geworden war. Was hatte Nele entdeckt, dass sie so geschockt war?

Für Emma sah die ganze Sache eigentlich ziemlich harmlos aus. Was brachte Nele so aus der Fassung? Wieder schaute sie zu den Jugendlichen, die zischend einige Getränkedosen öffneten und albern herumblödelten. Immer noch fiel ihr nichts Dramatisches auf. Emmas Blick fiel auf die angebundenen Pferde. Ein Tier stach besonders hervor. Obwohl Emma sich nicht mit Pferden auskannte, hatte sie das Gefühl, dass es ein besonderes Pferd sein musste. Das schwarze Fell glänzte in der Sonne. Irgendwie machte es einen sehr eleganten und herrschaftlichen Eindruck. Wie weiße Schuhe zierte weißes Fell oberhalb seiner Hufe die schmalen – wie hieß das bei einem Pferd? Beine? Waden? Fesseln?

Wieder einmal fiel Emma auf, wie wenig sie von diesen großen Vierbeinern wusste. Zwei der anderen Pferde mussten Ponys sein, vermutete Emma, denn sie hatten ungefähr die gleiche Statur wie Jimmy. Das letzte Pferd hatte Emma schon mal auf der Wiese beim Reiterhof gesehen.

Als Emma wieder ihren Blick zurück zu den kichernden Jugendlichen wandern ließ, sah sie, wie einer der Jungen seinen Arm um eines der Mädchen legte und seinen Mund auf ihre Lippen drückte.

Emma wand ihren Blick ruckartig in die andere Richtung. „Bitte nicht!", jammerte sie leise. „Nicht, wenn wir zuschauen. Wie kann man nur so eklig sein!"

Wieder warf Emma ihrer Freundin einen Blick zu. Eigentlich erwartete sie eine spöttische Bemerkung oder einen angewiderten Blick von Nele, doch wie apathisch starrte die immer noch auf die Gruppe der Jugendlichen.

„Nele, was ist los mit dir?", fragte Emma leise. Doch Nele blieb stumm sitzen und reagierte nur mit einem Zucken im Gesicht auf Emmas Frage.

Emma hatte keine Ahnung, wie lange sie still auf ihrem Baum hockten und darauf warteten, dass die Jugendlichen verschwanden. Wahrscheinlich waren es nur Minuten, doch gefühlt kam es Emma wie Stunden vor. Die Zeit schien sich wie eine zähe Masse durch eine Sanduhr hindurchzuquetschen. Endlich, nach einer gefühlten Ewigkeit, schwangen sich die vier Reiter auf ihre Pferde, hinterließen einen Müllhaufen und verschwanden auf dem Weg, den sie gekommen waren.

Noch immer saß Nele einfach nur auf ihrem Ast und starrte auf den Fleck, auf dem eben noch die kichernden Jugendlichen gesessen hatten.

„Nele, du machst mir Angst! Was ist los mit dir? Nun sag schon etwas!", forderte Emma ihre Freundin jetzt energisch auf.

Nele zog schwer die Luft in ihre Brust. „Eine von denen war meine Schwester", stammelte sie.

„Ich dachte schon, du hättest einen Geist gesehen", meinte Emma erleichtert. „Du bist kreidebleich geworden! Das Küssen ist zwar ekelhaft, aber das kommt doch in den besten Familien vor ..."

Doch Nele ging nicht auf Emmas Bemerkung ein.

„Ist doch komisch, dass ich in den letzten Wochen deine Schwester nie zu Gesicht bekommen habe", überlegte Emma jetzt laut. „Naja, so oft waren wir ja auch nicht bei dir zu Hause", führte sie ihr Selbstgespräch weiter, während sie sich vom Baum schwang. „Und die anderen? Kennst du die auch?"

Nele kletterte etwas unbeholfener den Baum herunter und hielt Emma an der Schulter fest. Emma schaute sie fragend an. „Ja ... ja, schon. Einer ist Peter, den kennst du ja schon vom Sehen. Und die anderen beiden sind Freunde von Alexandra, die kenne ich kaum. Lena und Felix, glaube ich. Aber Emma, das Schlimmste ist ja – zwei Pferde gehören ihnen überhaupt nicht!"

„Wie meinst du das?", fragte Emma jetzt verwirrt.

„Die braune Stute, Arabella, steht unter der Obhut des Stallmeisters. Die Besitzerin ist eine reiche Gesichtschirurgin aus der Stadt, die sich hauptsächlich an den Wochenenden hier blicken lässt. Und der wunderschöne schwarze Hengst ist ein wertvolles Dressurpferd – Olymp. Er ist das kostbarste Pferd im Stall. Einige behaupten, dass sein Besitzer für ihn einen Millionenbetrag bezahlt hat."

„Was macht denn so ein Pferd hier bei euch im Stall?" Emma schüttelte fassungslos den Kopf.

„Olymp und ein weiteres Pferd sind von seinem Besitzer kurzfristig in unserem Gestüt untergestellt worden, nachdem seine eigene Stallung vor Kurzem abgebrannt ist."

„Du willst mir sagen, dass zwei der Pferde gestohlen wurden? Und dass einer von den Jugendlichen eben quasi auf einem tierischen Ferrari saß?", stotterte Emma und riss ihre Augen auf. In ihrem Kopf fanden sich jetzt Gedankenstücke wie Puzzleteile zusammen und malten ein Bild vor ihrem inneren Auge. „Und deine Schwester war dabei?"

Nele starrte in die Ferne und nickte.

„Oh Mann!", hauchte Emma und schüttelte ungläubig den Kopf, während ihre grauen Zellen wild durch ihr Gehirn galoppierten. „Jetzt wird mir einiges klar. Bist du dir sicher, dass sie die Pferde einfach so mitgenommen haben? Vielleicht hatten sie ja die Erlaubnis der Besitzer."

„Völlig ausgeschlossen. Olymp darf nur von seinem Besitzer geritten werden oder von seinem Trainer. Den habe ich bisher allerdings hier noch nicht gesehen. Und wenn die beiden nicht da sind, darf auch nur der Stallmeister zu dem Pferd. Das wurde jedem sehr klar und deutlich gesagt, als Olymp bei uns untergestellt wurde."

Grübelnd trotteten die beiden Mädchen nebeneinander über den kleinen Trampelpfad und schwiegen, während ihre Köpfe auf Hochtouren arbeiteten, um die Situation richtig zu erfassen.

Als sie aus dem Wald kamen, blieb Emma plötzlich stehen.

„Was machen wir denn jetzt?", fragte sie fast panisch. „Schließlich haben wir unseren Eltern von dem Vorhaben erzählt. Meine Mutter wird mich hundertprozentig fragen, was wir herausgefunden haben."

Nele drehte sich ruckartig um und funkelte Emma warnend an. „Erzähl bloß nicht, was wir gesehen haben!", fauchte sie.

„Was meinst du damit?", fragte Emma jetzt ein wenig eingeschüchtert.

„Meine Schwester hängt da mit drin. Wir können nichts erzählen." In Neles Augen stand pure Verzweiflung; sogar eine Träne kullerte über ihre Sommersprossen.

Emma nahm Nele in den Arm und starrte in den Himmel über ihnen. *Jesus, bitte hilf uns, das Richtige zu tun!*, betete sie still.

„Weißt du was?", fing sie nach einigen Sekunden an. „Wir unternehmen noch gar nichts. Lass uns bis morgen warten und uns überlegen, was wir tun. Meine Mutter wird sich auch noch einen Tag gedulden können, wenn ich sie darum bitte, nicht weiter nachzufragen. Und vielleicht kommt uns ja über Nacht ein guter Gedanke."

Nele schniefte und nickte erleichtert, dann setzten die beiden immer noch total zerknirscht ihren Heimweg fort.

Grübelnde Wachhunde und ein Fuchs zum Verlieben

Am nächsten Tag saßen die beiden Freundinnen zur Mittagszeit tief in ihre Gedanken versunken auf dem Gatter einer Koppel, auf der einige Pferde weideten. In einiger Entfernung auf einem abgetrennten Teil der Weide stand Olymp.

„Fürs Erste ist die Idee ja ganz gut, auf die Pferde aufzupassen", sinnierte Emma und schob sich eine Haarsträhne aus dem Gesicht. „Aber wir können jetzt nicht jeden Tag auf unser Mittagessen verzichten und die Wachhunde des Hofes spielen."

„Das ist mir klar!", grummelte Nele und verzog ihr

Gesicht, als hätte sie in eine Zitrone gebissen. „Aber bis wir nicht genau wissen, wie wir mit diesem Schlamassel umgehen sollen, bleibt uns erst einmal nur eine Möglichkeit: wachsam zu sein und den Dummköpfen keine Gelegenheiten zu bieten, den Bockmist zu wiederholen."

Wieder starrten beide nachdenklich auf die Weide. Emma überlegte, was sie am besten in ihrer verzwickten Situation machen sollten. Am liebsten hätte sie ja ihren Eltern alles erzählt, aber Nele war noch nicht so weit. Sie hatte Emma das Versprechen abgenommen, keiner Menschenseele von ihren Beobachtungen zu erzählen, bis sie einen Geistesblitz haben würden, wie man von der Pferdeentführung erzählen konnte, ohne den anderen allzu viele Probleme zu bereiten. Denn dummerweise steckte Neles Schwester in dieser ganzen Sache mit drin, sonst wäre alles um einiges leichter zu klären. Aber Nele war sich sicher, dass Alexandra sie nie wieder auch nur eines Blickes würdigen würde, wenn Nele sie mit ihren Beobachtungen in die Pfanne hauen würde. Sie sprach ja so schon kaum mit ihrer kleinen Schwester. Emmas Gedanken kreisten wie Raubvögel, die auf ihre Beute lauern, durch ihren Kopf, während die Pferde vor ihr ungewöhnlich ruhig in der Sonne auf der Weide standen.

„Da!" Nele riss Emma unsanft aus ihren Gedanken und deutete auf vier Personen, die in Reitkleidung hinter dem Nebengebäude, das an die Weide grenzte, hervorkamen.

„Da haben wir ja die Gaunerbande", flüsterte Nele empört und schüttelte ihren Kopf. „Was denken die vier sich bloß dabei? Und seit wann treibt sich meine Schwester so oft auf dem Reiterhof herum? Bisher hatte sie immer nur ihr Getanze im Kopf – und jetzt?"

Die vier gingen schnurstracks auf die Weide zu und kletterten über das Gatter.

„Hallo Schwesterchen!", brüllte Nele jetzt so laut, dass Emma erschrocken zusammenfuhr. Nele hatte sich aufgerichtet und fing an, wie wild zu winken. Alexandra und ihre Freunde drehten sich in Neles Richtung und wirkten ein wenig erschrocken. Sie schauten sich verwirrt an und kamen dann zu den beiden Freundinnen. Emma bemerkte, dass sich die Pferde davon gar nicht aus der Ruhe bringen ließen.

„Was macht ihr beide denn hier auf der Koppel?", begrüßte Neles Schwester die beiden Freundinnen.

„Wir beobachten die Pferde", sagte Nele. „Ich erkläre Emma gerade, wie sich Pferde in der Herde verhalten. Sie möchte ein Referat in der Schule darüber halten. Und da sie ein waschechtes Stadtmädchen ist und nicht den leisesten Schimmer von Pferden hat, werde ich ihr in den nächsten Tagen ein wenig mit Rat und Tat zur Seite stehen."

„Okay ..." Neles Schwester überlegte kurz, dann hielt sie Emma ihre Hand hin. „Dann musst du wohl

Emma sein, was?", fragte sie und Emma schüttelte ihr die Hand. „Ich bin die große Schwester von diesem grünen Wicht." Nele zog verärgert ihre Augenbrauen zusammen. „Ich heiße Alexandra und das sind Lena, Felix und Peter."

Neles Schwester nickte ihren mitgebrachten Freunden zu, die daraufhin Emma und Nele ein verlegenes „Hi" zuriefen und wieder verunsichert zu Alexandra schauten.

„Was macht ihr denn eigentlich hier?" Nele schaute ihre Schwester mit großen, unschuldig fragenden Augen an.

„Peter soll für seinen Vater kontrollieren, ob die Wassertränken intakt sind. Gestern muss eine hier auf der Weide verstopft gewesen sein." Alexandra deutete auf die zwei Pferdetränken auf der anderen Seite der Weide und nickte ihren drei Freunden auffordernd zu. „Dann viel Spaß euch noch bei euern Studien", sagte sie noch, drehte sich um und ging mit den anderen dreien zu den Tränken, an denen Peter sich zu schaffen machte.

„Sie überprüfen die Tränken!" Nele schüttelte verärgert den Kopf und deutete auf die vier Sattel, die am Nebengebäude über das Gatter gelegt worden waren. „Meine Schwester kann lügen, ohne rot zu werden!"

„Das scheint ja eine Familienkrankheit zu sein", stellte Emma fest. „Ein Referat über das Verhalten von Pferden in der Herde? Wie bist du denn darauf gekommen? Gerade ich ..." Sie schüttelte den Kopf und schaute über die Weide zu den vier Jugendlichen, die jetzt wieder Richtung Nebengebäude unterwegs waren und sich angeregt zu unterhalten schienen.

„Ich kann es immer noch nicht glauben", seufzte Nele, die auch den vieren hinterherstarrte. „Sie wollten es tatsächlich schon wieder tun."

„Das haben wir ihnen ja mächtig vermasselt", sagte Emma und legte ihren Arm um ihre Freundin. „Eigentlich müssten sie uns dankbar sein." Sie klopfte Nele aufmunternd auf die Schulter.

„Um diese Zeit ist der komplette Hof aber auch wie ausgestorben", stellte Nele fest. „Keine Menschenseele ist unterwegs, der Stallmeister hält seinen Mittagsschlaf und alle anderen tauchen erst in ein paar Stunden auf."

„Die beste Zeit, um sich an die Pferde heranzumachen", überlegte Emma. „Selbst die Pferde sind ja völlig teilnahmslos."

Emma blickte zu den Tieren, die immer noch dösend auf der Weide standen. Eines der Pferde weckte ihr besonderes Interesse. Es war ein rot-bräunlich-schimmerndes, elegantes Pferd mit einem schmalen weißen Strich auf Stirn und Nase. Bildete Emma es sich ein? Oder beobachtete das Pferd sie tatsächlich mit seinen schönen, treuen Augen?

„Das Pferd mit den weißen Socken", wandte sich Emma an Nele, „wie heißt es?"

Nele lachte laut. „Du meinst den Fuchs dort mit seinen weißen Fesseln und der schmalen Blesse? Das ist Windhauch. Er ist ein Traumpferd!" Sie steckte ihre Hände in die tiefen Taschen ihrer grünen Reiterhose und seufzte. „Sein Besitzer ist zwar eine Katastrophe, aber Windhauch ist trotzdem eines der sensibelsten Pferde im Stall."

Emma starrte immer noch in Windhauchs Richtung. Der nickte jetzt schnaubend, als hätte er ihre Unterhaltung gehört, was natürlich völlig unmöglich war, weil er viel zu weit weg stand. *Was für ein wunderschönes Pferd*, dachte sie und ließ ihren Tagträumen freien Lauf.

Sie ritt auf Windhauch über eine grüne saftige Wiese. Es sah aus, als würden sie beide fliegen. Windhauch trug sie auf seinem Rücken, als wäre sie leicht wie eine Feder. Emmas braune Haare waren mit einer Haarspange, in der eine wunderschöne weiße Blume steckte, zusammengefasst. Nur ein paar einzelne Strähnen strichen ihr durch das Gesicht, das strahlte, als wäre ein Scheinwerfer auf sie gerichtet. Emma fühlte sich frei und geborgen.

„Ich glaube, wir können unseren Posten verlassen." Die Stimme von Nele holte Emma wieder zurück in die Realität. Emma schüttelte sich und sah sich um. Saßen sie erst wenige Minuten oder schon Stunden hier auf dem Gatter vor der Weide?

Sie reckte sich und sprang vom Gatter. Erst jetzt fiel ihr auf, dass das Leben auf dem Reitergut wieder zu pulsieren begann. Man hörte Stimmen aus den Ställen; aus irgendeinem Radio dudelte Musik; einige Reiter hatten ihre Pferde gesattelt und ritten auf dem Reitplatz.

„Komm her, alter Gaul", brüllte plötzlich eine tiefe Stimme über die Weide. Emma schaute in die Richtung, aus der die Stimme gekommen war, und entdeckte einen düster dreinblickenden Mann. Zu ihrer Überraschung setzte sich Windhauch in Bewegung und lief elegant auf den Mann zu. Der spuckte auf die Wiese und öffnete das Gatter. Er befestigte den Führstrick und schlurfte mit dem wunderschönen Pferd zu den Stallungen.

„Was für ein ungleiches Paar!", stellte Emma fest, deren Blicke immer noch wie hypnotisiert an der Stelle hafteten, an der eben Windhauch mit diesem griesgrämigen Mann verschwunden war.

„Das kannst du wohl laut sagen!", bestätigte Nele. „Windhauch ist mega-einfühlsam und dieser Kerl ist das reinste Trampeltier."

Nele verzog ihr Gesicht zu einem Grinsen und stapfte los, während Emma sich wunderte, was ihre Freundin sich für Frechheiten Erwachsenen gegenüber erlaubte. Doch so ganz insgeheim musste sie zugeben, dass Neles Urteil diesmal wohl nicht ganz danebenlag.

***

Als Emma nach diesem ereignisreichen Tag abends im Bett lag, konnte sie einfach nicht schlafen. Ihre Gedanken kreisten fortwährend um Windhauch und seinen Besitzer. Warum interessierte dieses Pferd sie überhaupt? Und warum fühlte sie so ein warmes Gefühl im Bauch, wenn sie an den wunderschönen Fuchs dachte? Und wie ließ sich die Sache mit Neles Schwester lösen? Sie konnte nicht ewig mit Nele in der Mittagszeit an der Pferdeweide hocken. Und dann noch diese dumme Lügerei!

Eine unangenehme Unruhe machte sich in Emma breit. Sie rollte sich genervt von einer Seite auf die andere. Schließlich knipste sie ihre blaue Nachttischlampe an und nahm das rote Notizbuch, das auf ihrem Nachttisch lag. Sie schlug es auf und blätterte durch die Seiten. Da fiel ihr ein Bibelvers auf, den sie vor einiger Zeit mal im Gottesdienst aufgeschnappt hatte. *„Verlass dich nicht auf deine eigene Urteilskraft, sondern vertraue voll und ganz dem Herrn! Denke bei jedem Schritt an ihn; er zeigt dir den Weg und krönt dein Handeln mit Erfolg."*

„Sprüche 3", las Emma laut und ließ die Worte in ihr Herz plumpsen. „Gott, ich hab keine Ahnung, was ich tun soll und warum mich dieses Pferd so fesselt. Ich will einfach darauf vertrauen, dass du mir zeigst, was zu tun ist. Hilf mir, ehrlich zu sein."

Nachdem sie das kleine Büchlein wieder zugeklappt und ihr Licht ausgeknipst hatte, schloss Emma ihre Augen und schlief ruhig ein.

Elegante Bekanntschaft

Nachdem sie seit mehreren Tagen jeden Mittag die Pferde auf dem Reiterhof mit Adleraugen bewacht hatten und dabei auch ein- oder zweimal die vier Jugendlichen in der Nähe der Weide entdeckt hatten, waren sich Nele und Emma sicher, dass sie erst einmal das Richtige taten. Auch heute war das Bewachen der Pferde auf ihrem Beobachtungsposten fest eingeplant. Ihr Mittagsessen – ein paar belegte Brote, Äpfel und zwei Stücke kalte Pizza – befand sich bereits gut verstaut in ihren Schulrucksäcken. Fröhlich schnatternd liefen die beiden den Berg, der vom Dorf zum Reitergut führte, hinunter.

„Wir sind spät dran", meinte Emma besorgt, nachdem sie auf ihre Armbanduhr geschaut hatte.

„Kein Wunder", maulte Nele, „die Spärlich lässt uns jedes Mal im Sportunterricht Überstunden machen. Wahrscheinlich hat sie die Hoffnung immer noch nicht aufgegeben, aus uns Profisportler zu machen."

„Aus dir eine Profisportlerin? Ich wusste gar nicht, dass unsere Frau Spärlich so eine blauäugige Träumerin ist." Emma musste lachen und bekam dafür einen Hieb mit Neles Ellenbogen zu spüren.

„Du meinst auch, du bist die Einzige, die sich einigermaßen schnell bewegen kann, was?", rief Nele beleidigt und rannte los.

Wie von einer Tarantel gestochen rannten die beiden den Weg zum Reitergut hinab. Nele lag ein paar Schritte vorn, doch Emma ließ sich nicht abschütteln, ganz dicht war sie ihr auf den Fersen. Plötzlich rutschte Nele ein Stück mit ihrem Fuß über den Schotter, kam ins Stolpern und verlor dann jeden Halt. Mit voller Wucht stürzte sie vornüber auf den Schotterweg und blieb erst, nachdem sie noch ein paar Meter bergab gerutscht war, zusammengekrümmt auf dem Weg liegen.

Emma, die alles hilflos mit angesehen hatte, war schockiert. „Ist alles gut?", fragte Emma panisch und kniete sich vor Nele, die stöhnend auf dem Schotter lag.

„Natürlich, was hast du denn gedacht, Stadtmädchen?" Nele versuchte mühsam, sich aufzurichten. „Die hässliche Schürfwunde im Gesicht, der gebrochene Fuß, der stechende Schmerz im Kopf und die klaffend blutende Wunde am Bein begleiten mich schon seit meiner Geburt." Sie musste jetzt kichern, verzog aber sofort ihr Gesicht wegen der Schmerzen.

Emma schüttelte den Kopf. „Du siehst aus wie ein Dreijähriger, der mit seinem Dreirad gestürzt ist. Lass mich mal sehen!" Sie deutete auf Neles Knie, an dem sich ein immer dunkler und größer werdender Fleck unter der zerrissenen Jeans breitmachte. Emma zog ihre Wasserflasche und ein Päckchen Taschentücher aus ihrem Rucksack, dann riss sie das Loch in der Hose noch größer und fing an, die Wunde zu reinigen und mithilfe der Taschentücher und ihrer Strickjacke zu verbinden. „So, zumindest ist erst einmal die Blutung ein bisschen unter Kontrolle", stellte sie schließlich zufrieden fest.

„Mensch, woher kannst du das denn?", fragte Nele erstaunt und schaute auf den professionellen Strickjackenverband an ihrem Knie.

„Ich bin doch das Stadtmädchen", sagte Emma und strich sich eine Haarsträhne aus dem Gesicht. „In der Stadt gibt es Erste-Hilfe-Kurse."

„Nicht übel!", bemerkte Nele anerkennend. Mit Emmas Hilfe richtete sie sich vorsichtig auf. Neles Gesicht verriet, dass das eine ziemlich schmerzhafte Angelegenheit war, aber sie ließ sich nichts weiter anmerken. Emma musste plötzlich an ihre Freundinnen in der Stadt denken, die schon bei dem kleinsten Kratzer fast ohnmächtig geworden waren. Nele war wirklich total anders.

„Ich befürchte, jetzt ist der Wettlauf Geschichte", sagte sie zu Emma, die sie unter einem Arm stützend festhielt.

„Und das mit dem Profisportler kannst du jetzt wohl auch vergessen", entgegnete Emma. Beide mussten kichern.

Als sie endlich nach einer halben Ewigkeit am Reitergut ankamen, entdeckten sie gleich, dass eines der Pferde nicht an seinem Platz stand. Olymp war nirgends zu sehen.

„Mist!", fauchte Nele. „Jetzt sind wir zu spät!"

„Das war doch klar, dass das irgendwann passieren musste", seufzte Emma resigniert. „Aber jetzt gibt es gerade Wichtigeres als ein paar Pferde, die von vier dämlichen Jugendlichen zu einem Ausritt gezwungen werden. Jetzt suchen wir erst einmal nach Hilfe."

Da Neles Eltern vermutlich nicht zu Hause sein würden, beschloss Emma, zu sich nach Hause zu gehen. Als die beiden Mädchen in ihrem Schneckentempo endlich die Haustür von Emmas Elternhaus erreichten, kam ihnen Emmas Mutter schon mit Verbandszeug entgegen.

„Was habt ihr denn angestellt?", fragte sie entsetzt,

verfrachtete Nele auf das Sofa und fing an, den Strick-jackenverband abzuwickeln. „Das ist aber ganz schön tief", sagte sie besorgt und griff nach einer sterilen Kompresse. „Emma, hol bitte mal einen sauberen Waschlappen und frisches Wasser!" Energisch, aber vorsichtig versorgte sie die Wunde professionell. Mit dem Waschlappen und dem frischen Wasser säuberte sie anschließend die Schürfwunden an Neles Kopf und Händen.

„So, jetzt kannst du dich wohl wieder unter die Leute wagen", sagte Emmas Mutter zufrieden, nachdem sie den Lappen beiseitegelegt hatte. „Lass deine Mutter heute Abend nochmal nach der Wunde schauen." Sie räumte die Verbandssachen zusammen und trug sie in die Küche.

„Meine Mutter wird heute Abend wohl keine Zeit dafür haben", sagte Nele verlegen. „Alexandra, die Pferdediebin, hat einen Auftritt und da ist meine Mutter natürlich dabei. *Schwanensee ...*"

Emma bemerkte die Enttäuschung, die in Neles Stimme mitschwang, sofort und klopfte ihr kameradschaftlich auf die Schulter.

Nach kurzer Zeit trat Emmas Mutter mit zwei Gläsern wieder aus der Küche und hielt sie den beiden Mädchen hin. „Ich hoffe, die Verletzungen haben nichts mit euren Heimlichkeiten zu tun, ihr beiden", sagte sie besorgt und zog fragend die Augen nach oben.

„Nein, nicht wirklich!", antwortete Nele schnell.

„Das hatte wohl eher mit meinen sportlichen Fähigkeiten zu tun. Den Wettlauf hab ich wohl in den Schotter gesetzt."

„Man hätte auch denken können, du hast versucht zu fliegen", grinste Emma. „Ein paar Meter hast du es zumindest geschafft."

Emmas Mutter verzog mitfühlend ihr Gesicht. „Einige Menschen sollten sich nur auf den Rücken von Vierbeinern oder Fahrzeugen fortbewegen."

Die drei mussten lachen und schlürften ihre Limo aus, die noch immer kalt und prickelnd vor ihnen stand.

★★★

Am nächsten Tag schafften es Emma und Nele – wie schon in den letzten Tagen (außer natürlich am Tag zuvor) –, pünktlich auf dem Gatter an der Weide zu sitzen. Diesmal stand Olymp, wie er es sollte, auf seiner Koppel.

„Wie sieht eigentlich dein Knie aus?", fragte Emma und deutete auf den weißen Verband, der unter der kurzen grünen Hose von Nele hervorschaute.

„Sieht zwar immer noch ein wenig zermatscht aus, aber erstaunlicherweise kann ich schon wieder ganz gut laufen. Die Leidtragende war heute früh eher meine Mum", kicherte Nele. „Nachdem gestern mein Vater das Wechseln des Verbandes übernommen hatte, sollte es heute Morgen meine Mum machen, weil Papa ja schon auf Arbeit war. Dummerweise hatten wir alle schon wieder verdrängt, dass sie kein Blut sehen kann. Als sie die Wunde erblickte, wurde sie kreidebleich und fing an zu zittern, als würde sie in der Gefrierkühltruhe hocken. Während Alexandra sie in die Schocklagerung verfrachtet hat, habe ich mir dann selbst den Verband angelegt." Stolz hielt Nele ihren Verband unter Emmas Nase.

Die nickte anerkennend. „Bis auf die komischen Knoten und den seltsamen Geruch, der aus dem Verband steigt, sieht er eigentlich ganz passabel aus. Das hätte ich dir ungeübtem Landei gar nicht zugetraut!" Sofort bekam sie Neles Ellbogen als Reaktion darauf zu spüren.

Nachdem die beiden Mädchen ihre Brote zusammen gegessen hatten, schauten sie nachdenklich zu den Pferden. Wieder zog Windhauch Emmas ganze Aufmerksamkeit auf sich.

„Na, ihr beiden? Ihr sitzt hier, als wolltet ihr die nette Horde dort wie zwei Wachhunde bewachen." Der junge Mann, der Emma durch sein plötzliches Auftauchen aus dem Nichts fast zu Tode erschreckt hatte, deutete mit einem Lächeln auf die Pferde.

„Könnte man meinen, wenn man es nicht besser wüsste." Nele würdigte den Typen, der sie angesprochen hatte, keines Blickes, sondern stützte ihren Kopf gelangweilt auf ihre beiden Hände.

„Ich heiße Tim", sagte der junge Mann und hielt Nele und Emma die Hand hin. Nachdem die Mädels sich auch vorgestellt hatten, erklärte er: „Ich trainiere Olymp. Ich war in den letzten Tagen im Urlaub und bin deshalb heute zum ersten Mal hier, seitdem er hier untergebracht worden ist."

„Oh!", stießen Nele und Emma jetzt überrascht aus und schauten dann schnell in die Richtung des prachtvollen Pferdes.

„Olymp bewegt seinen Hinterhuf etwas merkwürdig", bemerkte Tim mehr zu sich selbst als zu den beiden Mädchen. „Irgendwie kann ich mir das nicht erklären. Schließlich stand er hier bis jetzt doch nur im Stall und auf der Weide. Wenn man mit ihm ins Unterholz ausgeritten wäre und er sich irgendetwas eingetreten hätte, könnte ich mir seine Schonhaltung erklären, aber so?" Tim starrte jetzt genauso wie die beiden Mädchen nachdenklich auf die Weide, auf der das wundervolle Pferd stand, und atmete tief ein. „Ich werde mit dem Stallmeister mal darüber reden, vielleicht ist ihm etwas aufgefallen." Er zog sich seinen Reiterhelm auf den Kopf und nickte den beiden Mädchen zu, die wie versteinert auf ihrem Gatter hockten. „Wenn ihr möchtet, dürft ihr zuschauen, wie ich mit Olymp trainiere!"

„Oh ja!", meinte Nele begeistert und rutschte vorsichtig vom Gatter.

Emma konnte es nicht glauben, dass ihre Freundin,

ohne zu überlegen, hinter Tim herhumpelte. Hatte sie nicht gehört, was er gerade erzählt hatte? Sie stieg vom Gatter und trat ärgerlich gegen einen Stein, der über den Schotterweg hüpfte. Sie hätten Tim erzählen müssen, was vielleicht der Grund für Olymps Schonhaltung war. Diese ganze Heimlichtuerei machte Emma noch ganz verrückt. Eigentlich war sie es gewöhnt, die Wahrheit unverblümt ans Licht zu bringen und keine Angst davor zu haben. Und nun vertuschten sie den Blödsinn der anderen und verstrickten sich selbst immer tiefer in diesen Schlamassel. Vielleicht war es wichtig, dass Tim wusste, was mit Olymp los war, und sie verschwiegen es? Emma beobachtete Tim, der im perfekten Einklang auf Olymp ritt, der anmutig seine Dressurübung absolvierte. *Da!*, dachte Emma und konzentrierte sich auf Olymps Beine. *War das gerade ein Stolperer?*

Auch Tim reagierte sofort. Er brachte Olymp zum Stehen, redete leise mit ihm und tätschelte seinen Hals. Dann stieg er vom Pferd und betastete das Bein des Pferdes. Besorgt schaute er Olymp an.

In Emmas Bauch machte sich ein unangenehmes Gefühl breit. Ihr Gewissen schlug Alarm. Sie nickte Nele eindringlich zu, die sich jedoch eiskalt abwandte.

„Das war es für heute!", sagte Tim und zuckte resigniert die Schultern. „Solange ich nicht weiß, was Olymp an seiner Fessel hat, muss ich ihn schonen."

Er kam mit Olymp an seiner Seite zu den beiden Mädchen und sagte: „Darf ich vorstellen, Olymp: Das sind Emma und Nele, die Wachhunde des Hofes."

Olymp schnaubte. Nele hielt ihm eine Hand hin, um kurz darauf über Olymps samtenes Fell zu streicheln. Emma dagegen drückte sich so weit wie möglich an das Gatter und versuchte, ihren Herzschlag, der sich zu überschlagen schien, unter Kontrolle zu bekommen.

Tim trat jetzt an ihre Seite und legte beruhigend seine Hand auf ihren Arm. „Du brauchst keine Angst haben, Emma", sagte er. „In den Augen der Pferde sind wir die Raubtiere. Sie sind eingeschüchtert von uns und müssen erst einmal feststellen, ob wir wirklich vertrauenswürdig sind. Durch unsere Körperhaltung zeigen wir, was das Pferd darf oder nicht."

Tim nahm Emmas Arm und streckte ihn in Olymps Richtung. Der kam jetzt näher, so wie es Emma auch schon bei Jimmy erlebt hatte. Nach einem freundlichen Schnaufen nickte Tim Emma aufmunternd zu, sodass sie vorsichtig über Stirn und Nase des wunderschönen Tieres streichelte. Das riesige Pferd kam Emma jetzt so verletzlich vor. Zum ersten Mal sah sie die großen Vierbeiner auf eine ganz andere Art: Nicht sie waren die Riesen, vor denen man Angst haben musste, sondern Emma war diejenige, die beweisen musste, dass man ihr vertrauen konnte. Das glänzende Fell von Olymp fühlte sich so weich unter den Fingern an, dass es Emma an den Handflächen auf eine eigenartige Art kribbelte.

„So ist es richtig!", hörte sie jetzt Tims Stimme hinter sich. „Zeig ihm, dass du ihn magst, dann hast du den Hübschen für dich gewonnen."

Emma huschte ein Lächeln über das Gesicht. Olymp schnaubte zufrieden, als ihre Hände über sein wunderschönes Fell strichen. Wieso hatte sie das früher nicht gesehen, dass Pferde wahnsinnig faszinierende Tiere waren?

„So, meine Damen", riss sie Tim aus ihren Gedanken, „wir beide müssen jetzt leider auf eure nette Gesellschaft verzichten und uns darum kümmern, dass Dr. Laubbauer ein Auge auf diesen Knaben wirft."

Er nahm Olymp am Reithalfter und führte ihn in Richtung Stall. Nachdem er das Gatter hinter sich und Olymp wieder geschlossen hatte, blickte er sich noch einmal zu den beiden Mädchen um und winkte ihnen zu.

„Er ist wahnsinnig elegant", stöhnte Nele und starrte Pferd und Reiter hinterher.

„Wen meinst du?", fragte Emma grinsend.

„Natürlich Olymp!" Nele kicherte und schüttelte ihre blonden Locken. „Ihr Stadtmädchen seid wirklich seltsam", stellte sie fest und stupste Emma in die Seite.

„Nele, wir müssen Tim von unserer Beobachtung erzählen. Vielleicht ist es wichtig, dass er von den

Ausritten erfährt. Ich habe kein gutes Gefühl dabei, ihn im Unklaren zu lassen. Das wäre nicht ehrlich."

Nele zog ihre Augenbrauen zusammen und kratzte sich an ihrer Stirn. „Vielleicht ist es die beste Möglichkeit, weil wir dann deinen Eltern nichts von unseren Beobachtungen erzählen müssen. Vielleicht können wir ihn überreden, dass er nicht verrät, von wem er den Tipp bekommen hat."

„Nele", sagte Emma jetzt nochmal fast flehend, „ich kann das nicht länger verheimlichen."

Nele schaute Emma nachdenklich an. Emma hoffte inbrünstig, Zustimmung in ihren nachdenklichen Gesichtszügen zu entdecken. Nach einigen Sekunden löste sich Nele aus ihrer Erstarrung und nickte. „Vielleicht ist es der beste Weg, Tim in die Sache einzuweihen", überlegte sie. „Wie konnte ich nur von dir, der ehrlichsten Haut der Welt, verlangen, die Sache unter Verschluss zu halten und die Tatsachen zu vertuschen?"

Emma atmete erleichtert aus und nahm Nele in ihre Arme. Es fühlte sich an, als würde ein ganzes Geröllfeld von ihrem Herzen plumpsen. Emma war unglaublich erleichtert.

Der Tyrann und der Prinz

Als die beiden Mädchen kurz darauf später in den Stall traten, unterhielt sich Tim mit dem Tierarzt vor der Box von Olymp.

Nele stupste Emma an und deutete auf die Box von Jimmy. „Das müssen wir mit Tim unter sechs Augen besprechen. Wir warten besser ab, bis der Doc weg ist", flüsterte sie und zog Emma hinter sich in Jimmys Box, der sich offensichtlich über den Besuch sehr freute.

„Du fauler Gaul!", hallte plötzlich eine laute Stimme durch den Stall. Emma streckte ihren Kopf über das Gatter der Box und versuchte herauszufinden, was los war. Auch Tim und der Tierarzt blickten aufmerksam durch den Gang zwischen den Boxen.

„Zu nichts bist du nütze, du blödes Pferd", schnauzte die Stimme jetzt weiter. Emma sah, wie der Besitzer von Windhauch mit einem Stock ausholte und dem wunderschönen Pferd brutal damit auf das Hinterteil schlug. Windhauch stieg mit den Vorderhufen in die Höhe und gab einen angsteinflößenden Laut von sich.

„Nein!", schrie Emma entsetzt. Hilflos musste sie mit ansehen, wie der Mann schon wieder ausholte, um auf das Tier einzuschlagen. Doch auch Tim und dem Tierarzt war die Situation nicht entgangen. Tim rannte auf den jähzornigen Mann zu und riss ihm den Stock aus der Hand. Der Tierarzt hielt den wutschnaubenden Mann mit seinen starken Armen fest, während Tim beruhigend redend auf Windhauch zuging.

„Alles gut, mein Schöner", hörte Emma Tims Stimme. Windhauchs Augen waren weit geöffnet und seine Ohren zeigten spitz nach vorne, während er unruhig von einem auf den anderen Huf tänzelte. Emma hielt die Luft an.

„Du bist ein braver Junge", redete Tim weiter auf Windhauch ein und ging langsam noch einen Schritt mit gesenktem Kopf auf das Pferd zu. Seine Arme hingen nach unten, während er sich langsam dem aufgeregten Tier näherte. „Du bist ein wunderschöner kleiner Prinz", murmelte er besänftigend.

Emma sah staunend zu, wie Tim auf Windhauch

zuging. Nele stand mit offenem Mund dicht neben ihr und verfolgte das Geschehen genauso konzentriert wie Emma. Tatsächlich schaffte es Tim mit seiner leisen, warmen Stimme, Windhauch immer mehr zu beruhigen. Emma beobachtete, wie sich der Fuchs nach und nach entspannte.

„So ist es gut!", hörte sie Tims Stimme, der jetzt den Führstrick von Windhauch erwischt hatte und ihm beruhigend über die Stirn und den Nasenrücken strich. „So ein wunderschöner Junge ..." Langsam zog er an dem Führstrick und brachte das Pferd in die eigene Box.

Emma fühlte eine tiefe Bewunderung für Tim und trat aus Jimmys Box. Der Tierarzt hielt den fauchenden Besitzer von Windhauch immer noch fest und zog ihn aus den Stallungen, während Tim sich liebevoll um das Pferd kümmerte. Nele und Emma standen vor Windhauchs Box und beobachteten, wie sich Tim geduldig und liebevoll um das sichtlich angeschlagene Pferd kümmerte.

„Er ist ein richtiger Pferdeflüsterer", raunte Nele Emma bewundernd zu. Während die beiden Tim und Windhauch beobachteten, schien die Zeit stehen zu bleiben. Wie sich im Winter eine kalte starre Eisschicht über plätscherndes Wasser legt, so schien die Zeit für die beiden Mädchen zu erstarren.

„Ihr könntet Windhauch bitte mal frisches Wasser holen", drang Tims Stimme wie durch dichten Nebel zu den beiden Mädchen. Als hätte er sie aus einem tiefen Schlaf geweckt, setzten sich die zwei langsam in Bewegung.

„Wow!", seufzte Nele jetzt. Sie schnappte sich den blauen Eimer, den Tim ihr reichte, und lief durch den Gang zwischen den Boxen zu einem Schlauch. „Ich hatte keinen Schimmer, dass einen manchmal Momente so gefangen nehmen können, dass man jedes Zeitgefühl verliert."

„Das war auf jeden Fall so ein Moment", flüsterte Emma, die ihrer Freundin gefolgt war. Zusammen schleppten sie den Wassereimer zu der Box von Windhauch. Tim nahm ihnen den Eimer ab und stellte ihn zurück an seinen Platz. Emma und Nele standen wieder vor der Box und spähten zu Windhauch hinein.

„Darf ich vorstellen, Prinz?", fragte Tim den Fuchs, der seinen Handbewegungen sofort folgte. „Das sind unsere beiden Freundinnen Nele und Emma."

Nele machte einen zögernden Schritt auf Windhauch zu, doch das Pferd schien sie gar nicht zu sehen. Mit zaghaften Schritten ging es direkt in Emmas Richtung und schaute sie mit seinen warmen Augen an. Emma streckte vorsichtig ihre Hand aus und strich dem Pferd über die Stirn und den Nasenrücken. Verliebt schmiegte Windhauch sich an die schmale Hand von Emma, der dabei fast das Herz vor Erstaunen und Freude stehen blieb.

„Wow!", staunte Nele und schüttelte ihren Kopf.

„So etwas kann man nicht erklären", sagte Tim und

konnte sich ein Grinsen nicht verkneifen. „Manchmal ist Vertrauen und Liebe einfach da – ganz umsonst. Und Windhauch hat Emma scheinbar ins Herz geschlossen."

„Das beruht, glaube ich, auf Gegenseitigkeit", sagte Nele und deutete auf ihre Freundin.

Wie hat sich Emma innerhalb von so kurzer Zeit so verändern können?, dachte sie staunend. *Wo ist das Stadtmädchen hin, das panische Angst vor Pferden hatte?* Nele lächelte und wuschelte sich mit beiden Händen durch ihre blonden Locken.

Nachdem Tim Windhauchs Box von außen geschlossen hatte, traten sie zu dritt auf den Hof vor den Ställen. Die Sonne überflutete den Hof mit ihren Strahlen, sodass sie sich nach dem Dämmerlicht im Stall augenzwinkernd erst an das helle Licht gewöhnen mussten. Dann sahen sie den Tierarzt auf sich zukommen.

„Ich habe den Kerl erst einmal nach Hause geschickt, damit er seinen Rausch ausschläft", meinte der Doktor und schüttelte den Kopf. „Ich befürchte, man muss ihn in nächster Zeit im Auge behalten. Wenn so etwas noch einmal vorkommt, dann sollte man sich mal Gedanken machen, wie man damit umgehen kann." Er reichte Tim und den Mädchen die Hand. „Wir sehen uns morgen um die gleiche Zeit", verabschiedete er sich von Tim und lief schnellen Schrittes in Richtung Stall. Nach kurzer Zeit kam er mit einer großen Tasche wieder heraus, setzte sich in seinen Jeep, fuhr aus dem großen Tor und zog eine graue Staubwolke hinter sich her.

„Weg ist er", sagte Nele und drehte sich zu Emma und Tim um.

„Was für ein Auftritt", sagte Emma. „Oder besser – Abgang!"

„So, meine Damen", meinte Tim und schaute von Nele zu Emma, „jetzt sind wir endlich ungestört und ihr könnt mir erzählen, was ihr auf dem Herzen habt!"

Nele und Emma blickten sich verdutzt an.

„Körpersprache", erklärte Tim kurz und zuckte mit den Schultern.

Nele schüttelte ungläubig den Kopf. „Körpersprache?" Sie zog die Augenbrauen hoch und stupste Emma an, die immer noch ganz verdattert in Tims Richtung starrte.

„Ähm, ja, äh …", stotterte die und überlegte krampfhaft, wie sie jetzt anfangen sollte. „Ja, wir wollten dir tatsächlich etwas erzählen. Wie geht es eigentlich Olymp?" Sie wollte ein bisschen Zeit gewinnen, um ihre Gedanken nochmal zu sortieren.

„Die Verletzung ist nicht annähernd so schlimm, wie ich erst vermutet habe. Trotz allem werden wir nicht drum herumkommen, ihn in den nächsten Tagen, vielleicht sogar Wochen, zu schonen. Was leider Auswirkungen auf den Erfolg des kommenden Turniers haben wird."

Emma und Nele blickten sich schuldbewusst an.

„So, nun raus mit der Sprache, ihr zwei!", wiederholte Tim energisch.

„Wir haben eine Beobachtung gemacht", begann Emma und holte tief Luft. „Wir haben vier Jugendliche dabei gesehen, wie sie mit Pferden, darunter auch Olymp, ausgeritten sind."

Sie blickte flehend zu ihrer Freundin, die allerdings keine Anstalten machte, ihr bei ihren Ausführungen zu helfen. Also erzählte Emma die ganze Geschichte. Sie erzählte von ihren unglaublichen Beobachtungen im Wald; von der Beteiligung von Neles großer Schwester; von ihrer Angst, Neles Schwester bei den Eltern zu verpfeifen; von ihren Versuchen, die anderen daran zu hindern, die Pferde noch mal zu einem Ausritt mitzunehmen; und schließlich von Neles Unfall und ihrer Begegnung mit Tim. Emma erzählte alles ganz genau und versuchte kein wichtiges Detail zu vergessen. Danach entschuldigte sie sich bei Tim, dass sie nicht eher etwas gesagt hatten. Tim hörte die ganze Zeit aufmerksam zu und nickte, während Emma ihren Bericht beendete. Sie überlegte krampfhaft, ob sie noch etwas Wichtiges vergessen hatte.

„Puh", stöhnte er schließlich. Er strich sich durch seine Haare und schaute nachdenklich zu Emma und Nele. Die beiden wären am liebsten im Erdboden versunken. Schließlich waren sie es, die die Ausritte der Jugendlichen gedeckt hatten und somit auch ein bisschen für die Verletzung von Olymp verantwortlich waren. Tims Schweigen war unerträglich. Emma steckte ein riesiger Kloß im Hals, der immer größer zu werden schien. Sie schluckte ein paarmal, um den Kloß wegzubekommen, aber er blieb wie ein zäher Kaugummi in ihrer Kehle haften.

„Zuerst einmal finde ich es gut, dass ihr mir die ganze Geschichte erzählt habt", begann Tim nach einer gefühlten Ewigkeit. „Jetzt weiß ich ein bisschen besser, wie ich die Sache mit Olymps Fessel einschätzen kann. Dass auf so ein Verhalten für die vier Jugendlichen Konsequenzen folgen müssen, ist natürlich klar. Keiner darf ein so teures Pferd wie Olymp einfach zum Ausreiten von der Weide stehlen oder – naja, ausleihen. Dummerweise ist nicht nur das Ausreiten unser Problem, sondern die Verletzung, die sich Olymp dabei zugezogen hat. Und dann gibt es das Problem, dass ihr möglichst nicht erwähnt werden möchtet, wenn wir die vier zur Rechenschaft ziehen. Das bedeutet, dass wir keine andere Chance haben, als die vier auf frischer Tat zu ertappen." Tim fuhr sich wieder mit der Hand durch seine Haare und Emma und Nele konnten fast seine grauen Zellen arbeiten hören. „Ich werde mit dem Stallmeister und Olymps Besitzer reden müssen", überlegte er weiter. „Und ihr müsst mir diesen Pfad zeigen."

Die beiden Mädchen nickten zerknirscht.

Auf frischer Tat

Sofort führten Nele und Emma Tim zu dem kleinen Trampelpfad hinter der hohen Hecke. Sie gingen ihn bis zum Waldrand ab und Tim schaute sich gründlich um. Immer noch hatten die beiden Mädchen ein sehr schlechtes Gewissen und trotteten zerknirscht vor Tim her.

Als er alles genau in Augenschein genommen hatte, klopfte er den beiden freundschaftlich auf die Schulter. „So, ihr beiden", sagte er ernst, „ja – es war dumm, eure Entdeckung so lange für euch zu behalten."

Die beiden Mädchen nickten traurig. Emma spürte den Kloß, der immer noch in ihrem Hals steckte, noch deutlicher als vorher. Es tat ihr so leid, dass Olymp eine Verletzung davongetragen hatte. Krampfhaft versuchte sie, ihre Tränen zurückzuhalten, die in ihre Augen stiegen.

„Jetzt schaut mich mal an", forderte Tim sie auf. Nele und Emma, die bisher auf ihre Füße gestarrt hatten, wagten nun einen Blick in Tims Richtung.

Dieser lächelte die beiden aufmunternd an. „Aber es war erstaunlich mutig von euch, dass ihr überhaupt etwas erzählt habt." Bei diesen Worten löste sich der Kloß in Emmas Hals auf und die Tränen rannen ihr über das Gesicht. „Ich danke euch, ihr beiden! Wären die vier noch einmal mit Olymp ausgeritten, hätte es sein können, dass die Verletzung noch viel schlimmer geworden wäre. Und das hätte möglicherweise schwerwiegende Folgen haben können. Danke euch beiden!" Tim nickte den beiden Mädchen aufmunternd zu.

„Danke!", schluchzte Emma und Nele nickte zustimmend.

„So – und jetzt müssen wir uns einen Plan überlegen", sagte Tim und schob die beiden Mädchen vor sich über den Trampelpfad.

★★★

Am nächsten Mittag war es so weit. Nele und Emma waren auf den kleinen Schuppen geklettert und warteten darauf, die vier Jugendlichen zu entdecken. Dann würden sie Tim und Herrn Ritter, dem Stallmeister, mit ihrem Funkgerät Bescheid geben. Die beiden Mädchen rutschten nervös in ihrem Versteck hin und her. Emmas Herz pochte wahnsinnig schnell in ihrer Brust und sie versuchte, trotzdem tief durchzuatmen, um es ein wenig zur Ruhe zu bringen.

„Ich glaube, ich muss pinkeln", jammerte Nele und fing an zu zappeln.

„Das kannst du vergessen!", schimpfte Emma. „Du lässt mich hier jetzt nicht allein! Ich hab doch keine Ahnung, wie man mit diesen komischen Dingern aus der Steinzeit umgeht!" Sie zeigte auf das Funkgerät, das Nele fest umklammert hielt.

„Ist doch ein Kinderspiel", behauptete die, „das kann selbst ein Mädchen aus der Stadt."

Emma schüttelte energisch den Kopf. „In der Stadt haben wir Handys und keine Funkgeräte. Das ist dein Job, Landei, und du wirst dir wohl nicht gleich wie ein Baby in die Hose machen."

„Das passiert immer, wenn ich mich verstecke!", entgegnete Nele. „Keine Ahnung, warum meine Blase sich plötzlich so anfühlt, als wäre ich drei Wochen nicht auf Toilette gewesen. Du glaubst nicht, wie oft ich mir, als ich noch kleiner war, in meinem Versteck in die Hosen gemacht habe." Sie zappelte unruhig mit ihren Beinen.

„Du bist doch aber schon groß!", sagte Emma genervt und warf ihrer Freundin einen strafenden Blick zu, die jetzt eingeschnappt zur Seite blickte.

Nach einigen Sekunden flüsterte Nele: „Ich halte es nicht mehr aus!"

Gerade als Nele sich aufrichtete, hörten die Mädchen ein Geräusch hinter dem Schuppen. Nele packte Emma an der Schulter und deutete mit ihrem Kopf in die Richtung, aus der sie das Geräusch gehört hatte. Dabei drückte sie ihren Zeigefinger warnend auf ihre Lippen. Emma verstand das Zeichen sofort und hielt den Atem an, um ja keinen Laut von sich zu geben. Tatsächlich wurden die Geräusche deutlicher und bald schlichen vier Jugendliche unter ihnen auf die Weide und holten sich vier Pferde. Die Sattel, die sie schon bereitgelegt hatten, waren schnell auf die Pferde gelegt. Alle vier verschwanden hinter der großen Hecke.

„Man sieht sie echt überhaupt nicht mehr", staunte Emma und lauschte in die Richtung, „aber man hört sie."

Wie versteinert kauerte Nele neben ihr und flüsterte: „Wie geschickt sie das abgezogen haben! Man sollte es nicht glauben."

Emma strich sich eine Haarsträhne aus dem Gesicht und schüttelte den Kopf, dabei fiel ihr Blick auf das Funkgerät, das Nele immer noch fest in ihrer Hand hielt.

„Du hast noch gar nicht Bescheid gegeben", stotterte Emma und deutete auf das Funkgerät.

„Mist!", fauchte Nele und drückte wie wild auf dem Funkgerät herum. „Wachhund an Tim: Sie kommen. Wachhund an Tim. Hallo, hallo?"

Keine Reaktion – das Gerät blieb stumm wie ein Maulwurf.

„Das darf doch nicht wahr sein", schimpfte Nele sauer und schüttelte das Funkgerät.

„Ich sag nur Steinzeit", sagte Emma und verzog ihren Mund.

„Wenn die jetzt unbemerkt in den Wald reiten ..." Nele stockte mitten in ihrem Satz und zog scharf die Luft ein. Emma zuckte erschrocken zusammen, als Nele plötzlich wie von einer Tarantel gestochen vom Dach des Schuppens sprang. Als sie unverletzt unten angekommen war, rief Nele Emma zu: „Ich kenne eine Abkürzung! Vielleicht schaffe ich es, vor ihnen bei Tim zu sein."

Emma atmete tief durch und versuchte, den Schreck aus ihren Gliedern zu verscheuchen, während sie ihrer Freundin hinterherstarrte, die in einem Affentempo über die Weide rannte. So schnell sie konnte, kletterte Emma vom Schuppen herunter. Dann folgte sie ihrer Freundin und rannte an den verdutzten Pferden vorbei quer über die Weide. Keuchend blieb sie auf halber Strecke stehen, beugte sich vor Schmerzen nach unten und suchte den Waldrand nach einer Stelle ab, in der Nele verschwunden sein konnte. *Was ist nur mit Nele los?, dachte sie. Seit wann legt sie eine Strecke in so einer Geschwindigkeit zurück, dass ich nicht hinterherkomme?*

Emma keuchte, richtete sich auf und streckte ihre Arme über den Kopf, so wie sie es im Sportunterricht gelernt hatte. Da drangen laute Stimmen aus dem Wald. Emma versteckte sich instinktiv hinter einem Busch und versuchte, irgendetwas durch die Zweige zu erspähen. Plötzlich raschelte es in ihrer Nähe. Emma zuckte vor Schreck zusammen, als ihre Freundin aus dem Wald gesprungen kam und sie fast überrannt hätte.

„Schnell weg hier!", keuchte Nele und rannte weiter, ohne anzuhalten. Emma folgte ihr etwas verdattert. Nele rannte bis zur großen Reithalle, zog das Schiebetor einen Spalt auf und verschwand im Inneren der Halle. Nachdem sich auch Emma durch den engen Spalt gezwängt hatte, schob Nele das Tor zu, ließ sich auf den Boden vor dem Tor plumpsen und lehnte sich keuchend mit dem Rücken dagegen.

„Was ist passiert?", fragte Emma und ließ sich neben Nele auf dem Boden nieder. Doch Nele bekam außer einem hektischen Keuchen nichts heraus.

„Du bist ja abgegangen wie eine Rakete!", staunte Emma. „So hab ich dich noch nie rennen sehen." Sie legte ihren Arm um ihre Freundin. „Da hätte Frau Spärlich aber Bauklötze gestaunt! Von wegen du bist nicht sportlich." Emma konnte sich ein Grinsen nicht verkneifen, als sie an ihre Sportlehrerin dachte, die

Nele immer als lahme Schnecke bezeichnete. *Schade, dass die das gerade nicht gesehen hat*, dachte sie und schaute Nele erwartungsvoll an.

„So, jetzt spuck's aus!", forderte sie Nele auf. „Was ist passiert?"

Nele richtete sich auf und holte noch einmal tief Luft. „Ich hab es tatsächlich geschafft", schnaufte sie. „Ich konnte Tim und Herrn Ritter noch rechtzeitig warnen." Wieder keuchte Nele und schnappte nach Luft. „Die vier sind ihnen dann direkt in die Arme geritten." Nele fing an zu husten und Emma stand auf und zog sie vom Boden hoch.

„Nimm mal deine Arme nach oben", forderte sie ihre Freundin auf, „und leg sie hinter deinen Kopf. Dann geht es dir bald besser!"

„Ich wusste gar nicht, wie weh sowas tun kann", schnaufte Nele. Allmählich atmete sie etwas regelmäßiger.

„Wenn man beim Laufen bis an seine Grenzen geht, dann kann das ganz schön wehtun", meinte Emma und grinste, „wenn man allerdings über seine Grenzen hinausgeht, dann gibt es da bestimmt noch 'ne Steigerung. Und das bist du auf jeden Fall. Selbst ich kam nicht mehr hinterher!"

„Ich hab mich selber gewundert", lachte Nele, „und das mit Gummistiefeln." Sie deutete auf ihre grünen Lieblingsschuhe und grinste. „In der nächsten Sportstunde zieh ich die Dinger mal an."

Beide Mädchen lachten. Emma stellte es sich lebhaft vor, was ihre Sportlehrerin sagen würde, wenn ihre Freundin mit Sportanzug und Gummistiefeln in die Turnhalle spazieren würde. *Zuzutrauen wäre es ihr,* dachte sie.

„Haben die vier dich gesehen?", fragte Emma, als ihr der Gedanke durch den Kopf schoss, dass Tim ja nur diesen Aufwand wegen ihnen betrieben hatte, damit sie aus der Sache rausgehalten werden konnten.

„Um ein Haar wäre ich ihnen in Arme gelaufen. Ich habe mich im letzten Augenblick ins Gebüsch geschmissen", jammerte Nele und deutete auf ihre Arme. „Dummerweise wuchsen dort ziemlich viele Brennnesseln." Sie verzog schmerzhaft ihr Gesicht.

„Na, dann wirst du bestimmt nicht an Rheuma erkranken!", bemerkte Emma schlau. „Brenneseln sind doch gut gegen Rheuma."

Nele strich über die kleinen Bläschen auf ihrer Haut und zog ihre Augenbrauen hoch. „Na hoffentlich. Wenigstens etwas Gutes."

Bestraft, belohnt und abgekühlt ...

Als Emma am Abend mit ihren Eltern am Abend-
brottisch saß, erzählte sie wie ein Wasserfall von
ihren Erlebnissen der letzten Tage. Ihre Eltern hörten
gespannt zu und zeigten durch ein erstauntes „Oh!"
oder ein mitfühlendes „Ah!", dass sie Emmas Erzäh-
lungen interessiert zuhörten.

„Keine Ahnung, was die vier sich dabei gedacht haben, sich einfach die Pferde zu nehmen", beendete
Emma ihren Bericht.

Ihr Papa legte seinen Kopf ein wenig schief und
schaute sie nachdenklich an. „Manchmal kommen
wir auf dumme Ideen", sagte er. „Gerade im Teenie-

alter versucht man den anderen oft zu beweisen, was man für ein toller Typ ist. Ich kann mich noch genau erinnern, wie ich meinen Freunden versucht habe zu zeigen, wie toll ich war. Einmal hatte ein Kumpel von mir eine Schachtel Zigaretten mitgebracht und die tolle Idee, sie mit uns zu rauchen. Obwohl mir die ganze Sache total gegen den Strich ging, wollte ich vor den Jungs doch nicht als Weichei dastehen, nahm mir eine Zigarette und paffte sie so lässig, wie es mir eben möglich war. Ich kann mich noch sehr genau erinnern, wie ich danach nach Hause gerannt bin und mich erst einmal übergeben musste. Oder Karl aus meiner Klasse ... wie oft haben wir auf dem armen Kerl herumgehackt, nur um den anderen zu zeigen, was wir für tolle Typen waren." Emmas Vater schaute betreten auf seinen Teller. „Wir Menschen machen viele dumme und gemeine Sachen, wenn wir uns nicht bewusst dagegen entscheiden. Wir sind zu stolz, um uns auf die richtige Seite zu schlagen, weil wir riesige Angst davor haben, dass wir uns vor den anderen blamieren."

Emma nickte nachdenklich. „Das mag ich ja so an Nele, Papa", sagte sie und rührte mit einem Löffel in ihrem Glas. „Nele ist so, wie sie ist – egal, was die anderen von ihr denken. Darüber macht sie sich so wenig Gedanken wie ich darüber, warum die Banane krumm ist. Sie ist so herrlich sie selbst. Ich glaube, das kann ich von ihr lernen. Ich mache mir manchmal viel zu viele Gedanken darüber, was die anderen von mir halten."

„Das kenne ich auch!", mischte sich jetzt ihre Mutter in das Gespräch mit ein. „Aber ich versuche immer wieder, das, was Gott von mir denkt, über das zu stellen, was die Menschen um mich herum von mir denken. Oder vielmehr – was ich *glaube*, dass sie denken. Das ist oft noch ein Unterschied. Und es hilft, wenn ich mich auf Gottes Meinung über mich konzentriere." Emmas Mutter lächelte ihre Tochter an und strich ihr über das braune Haar.

„Was passiert denn jetzt mit den vier Teens?", fragte Papa, während er mit seiner Gabel eine Minitomate aufspießte.

„Das ist noch nicht ganz klar. Erst einmal ist wichtig, dass es herausgekommen ist und Olymp nicht mehr von ihnen geritten wird. Herr Ritter, der Stallmeister, war stinkesauer auf die vier. Ich glaube, er hätte ihnen am liebsten den Kopf abgerissen. Wäre Tim nicht dabei gewesen und hätte ihn beruhigt, dann weiß ich nicht, was sonst passiert wäre. Morgen kommen die Besitzer der Pferde – es betrifft ja nicht nur Olymp – und dann wird überlegt, was mit Alexandra und ihren Freunden passiert."

Nachdem Emmas Mutter den Nachtisch aus der Küche geholt und auf den Tisch gestellt hatte, sagte sie stolz: „Ich habe auch eine Neuigkeit zu erzählen."

Emma und ihr Vater blickten fragend hoch.

Emmas Mutter grinste breit. „Nächste Woche ist es so weit. Unsere ersten Pensionsgäste kommen: ein älteres Ehepaar. Die beiden wollen sich hier erholen und mit ihren E-Bikes die Gegend unsicher machen."

„Wow, das ging aber schnell", sagte Emmas Vater erstaunt. „Die Internetseite steht doch erst seit zwei Wochen. Herzlichen Glückwunsch, mein Schatz!" Er stand auf und nahm Emmas Mutter liebevoll in die Arme. Emma sah den beiden zu und ihr Herz schlug voll Freude höher. Was hatte sie nur für ein Glück, so wundervolle Eltern zu haben! Sie war wahnsinnig dankbar für ihre Familie.

***

Gespannt ließen Emma und Nele den Schotterweg nicht aus den Augen, der in der Hitze flimmerte. Tim hatte ihnen verraten, dass Herr van Haren nachmittags um drei Uhr kommen wollte. Emma war gespannt, wie so ein reicher Pferdebesitzer aussehen würde. In ihrer Fantasie waren solche Pferdeliebhaber edle Herren mit Frack und Zylinder, die aus teuren Luxuskarossen stiegen und hochnäsig an ihr vorbeischritten.

Die Sonne brannte heute besonders stark. Obwohl die beiden sich unter einen Apfelbaum gesetzt hatten, war die Hitze fast unerträglich.

„Hat deine Schwester gestern viel Ärger bekommt?", fragte Emma plötzlich.

„Gestern war bei mir zu Hause ganz schön was los, sag ich dir." Nele schüttelte traurig den Kopf. „Ich glaube, Alexandra wäre am liebsten im Erdboden versunken. Am Abend hab ich gehört, wie sie sich nebenan in den Schlaf geweint hat. Ich hab mich richtig schlecht gefühlt – schließlich war ich es, die sie ans Messer geliefert hat." Nele sackte geknickt zusammen.

„Auch wenn es sich mies anfühlt – du hast das Richtige getan. Deine Schwester ist diejenige, die den Bockmist gebaut hat. Wahrscheinlich hast du sie nur davor bewahrt, noch dümmere Sachen zu machen." Emma rückte dicht an ihre Freundin heran, die traurig ihren Kopf hängen ließ.

„Die vier haben ein wahnsinnig wertvolles Pferd von der Weide entführt", schluckte Nele. „Herr von Haren hat sie jetzt voll in der Hand und kann sie darin zerquetschen wie eine Zitrone. Meinst du, sie müssen eine hohe Geldstrafe zahlen? Ich glaube, das wäre für meine Eltern echt hart."

„Jetzt bleib erst mal locker, Nele. Schließlich wissen wir überhaupt nicht, was auf die vier zukommt."

Doch Nele fing an zu schluchzen und Emma legte tröstend ihren Arm um sie. Innerlich betete sie dafür, dass Gott die ganze Sache in seine Hand nahm und etwas Gutes daraus machen würde. *„Alles, was geschieht, muss euch zum Besten dienen."* Emma dachte an einen Bibelvers, den sie in den letzten Tagen mal in ihrer Bibel gefunden hatte. Irgendwie gab es ihr Trost, dass Gott nichts entgleiten konnte.

Nele löste sich aus ihrer Umarmung und schüttelte den Kopf: „Ich heule hier wie ein kleines Stadtmädchen herum. Ich erkenne mich selbst nicht mehr!"

Emma drohte mit ihrer Faust und kniff die Augen zusammen, dann musste sie allerdings lächeln. „Wie schön, dass auch die Landeier manchmal zeigen, dass sie Gefühle haben!" Sie stupste Nele in die Seite, die ihre Augen mit dem Saum ihres T-Shirts abwischte und sich mit beiden Händen ihre Wangen tätschelte. Dann stand sie auf, richtete ihren Försterhut, klopfte den Staub von ihrer grünen Hose und setzte sich auf das Gatter der Pferdekoppel, das mittlerweile auch im Schatten des Apfelbaumes lag.

„Dass du dich nicht totschwitzt unter dem Filz", meinte Emma. Sie wischte sich den Schweiß vom Gesicht und blickte in das grüne Blätterdach über ihr.

„Ist schön kühl hier drunter", behauptete Nele und hielt Emma den Hut hin. Ihre blonden Locken klebten feucht an ihrem Kopf.

Emma schüttelte angewidert den Kopf: „Nein danke, ich habe heute schon geduscht!"

Nele setzte den Hut wieder auf ihre klebrigen Haare und schaute genervt auf Emma herunter.

„Wären wir jetzt in der Stadt, würde ich dir einen richtig leckeren, saukalten Smoothie spendieren."

Sehnsüchtig dachte Emma an ihr Lieblingscafe und die eiskalten Getränke, die es dort zu kaufen gab.

„Einen was?", fragte Nele. „Ich dachte immer, Snoopy wäre so ein kleiner frecher Hund aus irgendeinem Comic ... Ihr aus der Stadt seid manchmal schon ziemlich eigenartig." Sie schüttelte den Kopf.

Emma wollte gerade etwas darauf erwidern, als ein Geräusch ihre volle Aufmerksamkeit weckte. Ein Auto bahnte sich den Weg über den Schotter und kam den Berg heruntergefahren. Die beiden Mädchen schauten gespannt in die Richtung.

„Das ist er bestimmt!", hörte sich Emma flüstern, als wäre es ein Staatsgeheimnis, dass heute der Besitzer von Olymp kam. Die Mädchen schauten dem Wagen entgegen, der eine graue Staubwolke hinter sich herzog. Schließlich hielt ein silberner BMW vor den Stallungen und ein junger Mann mit weißen Turnschuhen, blauer Jeans und einem blau gestreiften Poloshirt stieg aus dem Wagen.

„Ich hatte mir den Besitzer von Olymp wirklich anders vorgestellt", wunderte sich Emma und dachte an die Männer mit Anzügen und Zylinder, die sie eben noch vor ihrem inneren Auge gesehen hatte.

„Er sieht ziemlich freundlich aus", stellte Nele fest. Ein hoffnungsvolles Glänzen schimmerte in ihren blauen Augen.

Der Mann verschwand um die Ecke, wo er sicherlich schon von dem Stallmeister, Tim, vier kleinlauten

Jugendlichen und einer Gesichtschirurgin erwartet wurde. Emma und Nele warteten unruhig im Schatten des Apfelbaumes und malten sich die verschiedensten Szenarien aus, die sich jetzt im Haus des Stallmeisters abspielen könnten.

„Ich glaube, ich halte das nicht mehr aus", jammerte Nele und fing an, hektisch auf dem Gatter herumzutrommeln.

„Mensch, Nele, du machst mich noch nervöser, als ich es sowieso schon bin!", schimpfte Emma, deren Arme und Beine unangenehm zu kribbeln begannen. „Hör auf damit!"

Nele schaute sie mit großen Augen hilflos an und zuckte die Schultern. „Was soll ich denn sonst machen?", fragte sie verzweifelt.

„Ablenkung", platzte es aus Emma heraus, „wir brauchen eine Ablenkung!" In ihrem Kopf fing es an zu rattern. In der Stadt hätte sie sofort zehn gute Ideen gehabt, um ihre Freundin abzulenken, aber was konnte sie hier tun?

Plötzlich hatte sie einen Einfall. Sie nahm Nele an ihre Hand und zog sie wie einen alten Sack hinter sich her.

„Was hast du jetzt vor?", fragte Nele und setzte sich bereitwilliger in Bewegung, sodass Emma nicht mehr so energisch an ihr zerren musste.

„Du wirst schon sehen", sagte sie kurz und lief mit ihrer Freundin im Schlepptau zu dem Haus ihrer Eltern – genauer gesagt, daran vorbei. Emma machte vor dem großen Teich Halt und blickte auf die Wasserfläche. Sie ließ Nele los, die ganz verdattert schaute, und lief einige Schritte zurück, um dann mit Volldampf auf Nele loszuspringen.

Ehe Nele sich versah, landete sie mit einem großem Platsch im Teich und quiekte erschrocken. „Na warte!", schrie sie, griff nach ihrem Hut, der auf dem Wasser schwamm, und krabbelte aus dem Teich heraus. Den Hut ließ sie auf die Wiese fallen und widmete sich Emma, die lachend am Rande des Teiches stand. Nele warf sich mit ihrer ganzen Wucht auf Emma und rollte mit ihr über die Wiese, die den Teich umgab. Nach einigem Hin und Her landeten beide im kühlen Teich, wo eine ausgiebige Wasserschlacht begann.

„Ich wollte dich doch nur ablenken", rief Emma und platzierte eine Wasserfontäne in Neles Gesicht.

Nele watete auf sie zu und keuchte: „Ablenken?", dann drückte sie Emmas Kopf unter Wasser und versuchte, Reißaus zu nehmen, was ihr aber nicht gelang.

Ausgelassenes Lachen und Quieken schallte über die Wiese und jegliche Anspannung löste sich von den beiden Mädchen. Nach einer ganzen Weile hielt Nele inne und deutete auf den Weg am Rande des Teiches. Emma, die ihre Freundin gerade mit einer Ladung Wasser beglücken wollte, hielt inne und guckte fragend in das verwirrte Gesicht ihrer Freundin. Dann wandte sie sich in die Richtung, in die Nele zeigte. Am Rand des Sees standen Tim und der Besitzer von Olymp. Schlagartig verging Emma das Lachen. Sie holte tief Luft und watete auf die beiden Männer zu. Nele, deren Sommersprossen in ihrem zusammengekniffenen Gesicht fast eine Linie zu bilden schienen, folgte ihr. Als sie an Land gekrabbelt waren und mit ihren durchnässten Anziehsachen wie zwei begossene Pudel dastanden, kamen Tim und der Besitzer von Olymp näher.

„Das sind die beiden?", fragte Herr van Haren Tim. Ein Lächeln machte sich auf seinem schmalen Gesicht breit.

„Ja", nickte Tim und grinste die beiden Mädchen an. „Emma und Nele – ihnen ist zu verdanken, dass die ganze Geschichte herausgekommen ist."

Emma war total verunsichert. Wie war das Gespräch mit den anderen gelaufen? Und warum machte sich Olymps Besitzer die Mühe, ihnen hinterherzulaufen? Doch Tim strahlte sie mit seinem netten Lächeln an, sodass jede Angst plötzlich wie weggeblasen war.

„Ich bin der Besitzer von Olymp, wie ihr euch wahrscheinlich denken könnt, und ich möchte mich ganz herzlich bei euch bedanken, dass ihr so mutig wart und Tim die Wahrheit über die Vorkommnisse erzählt habt." Herr van Haren streckte den Mädchen seine Hand hin, die unsicher auf ihre eigenen nassen Hände starrten. Doch als er nicht seine Hand zurückzog, sondern immer noch geduldig auf eine Erwiderung seiner Geste wartete, strich Emma ihre Hand an ihrer nassen Hose ab und schüttelte dem Mann die Hand. Was Nele dazu ermutigte, es nachzumachen.

„Es tut uns leid, dass wir so lange gezögert hatten, die Wahrheit zu sagen", gestand Nele schüchtern.

„Ich bin euch wahnsinnig dankbar, dass ihr überhaupt etwas gesagt habt", sagte Olymps Besitzer. „Olymp hat in den letzten Wochen schon so viel mitgemacht. Zuerst der Brand im Gestüt, dann die kurzfristige Unterbringung hier im Reitergut. Jetzt besteht sogar noch Hoffnung, dass er bei den nächsten Turnieren mit dabei sein kann, wofür wir so hart trainiert haben. Und das haben wir euch beiden zu verdanken."

Nele grinste inzwischen wie ein Honigkuchenpferd und Emma hatte das Gefühl, dass ihr Herz vor Dankbarkeit anfing zu hüpfen.

„Was passiert denn jetzt mit den vier Jugendlichen?", fragte Nele. Ein grauer Schimmer von Unwohlsein legte sich auf ihre Augen.

„Die haben sich ganz schön was anhören müssen; schließlich war das, was sie getan haben, nicht nur ein dummer Streich ohne Folgen. Von einer Geldstrafe, die wir sicherlich hätten verlangen können, haben Frau Schimmel und ich jedoch abgesehen, nachdem sich die vier, wie ich glaube, sehr aufrichtig für ihr Vergehen entschuldigt haben. Aber sie werden Arbeitsstunden hier im Reitstall sowie auf meinem Anwesen verrichten müssen. Peter, der Sohn des Stallmeisters, war ja für die Aufsicht der Pferde zuständig, deren Besitzer sich nicht regelmäßig um ihre Tiere kümmern können. Diesen Job hat er nun natürlich verloren. Das ist für ihn zwar bitter, weil damit auch sein Verdienst wegfällt, aber es war die einzig mögliche Konsequenz nach dem Diebstahl der Pferde."

Die Mädchen nickten und Nele schluckte schwer. Auch Emma hatte mittlerweile mitbekommen, wie sehr Peter an seiner Arbeit mit den Pferden hing.

„Nach einigen Monaten wird Peters Vater prüfen, ob eine Wiedereinstellung von Peter möglich ist oder nicht", ergänzte Tim. Emma merkte, dass Nele erleichtert aufseufzte.

Herr van Haren fügte hinzu: „Frau Schimmel wird sich umgehend nach einem neuen Stellplatz für ihre Stute umsehen, was natürlich kein besonders gutes Licht auf den Reiterhof werfen wird. Aber Tim und ich haben uns dazu entschieden, Olymp und Castella für die Zeit, in der mein eigener Stall wieder aufgebaut wird, hierzulassen. Wir sind sicher, dass sie bei euch zwei Spürnasen gut aufgehoben sind."

Nele stupste Emma in die Seite und konnte sich ein breites Grinsen nicht verkneifen.

„Und jetzt zu unserer Erklärung, warum wir beide hier sind und euren Badespaß in dieser Entengrütze gestört haben", warf Tim ein. „Wir haben uns überlegt, dass ihr beide euch eine Belohnung verdient habt."

Nele riss ihre Augen auf. „Eine Belohnung?"

„Ja, wir haben uns etwas für euch überlegt", nickte jetzt Herr van Haren. „Für Emma hat Tim vorgeschlagen, ihr einen kostenlosen Reitkurs zu erteilen. Ich kann dir versichern, Emma: Wenn Tim dich unterrichtet, dann bist du in den besten Händen. Und Nele, du darfst, solange meine beiden Pferde hier stehen, auf Castella reiten – natürlich mit vorheriger Absprache mit mir und Tim."

Die Mädchen standen mit offenem Mund vor den beiden Männern und mussten das Gehörte erst einmal verdauen.

„Äh", stotterte Nele und fuhr sich mit ihrer Hand durch ihre nassen Locken, „äh, äh", setzte sie wieder an, „ähm, ich weiß nicht, was ich sagen soll." Ihr Mund verzog sich zu einem gequälten Lächeln. „Ich fühl mich total geehrt. Auf Ihrem wunderschönen Pferd reiten zu dürfen, wäre ein Traum, aber ich befürchte, ich kann Ihr Angebot ..." Nele stockte und schnappte hektisch nach Luft, „... äh, ich kann Ihr Angebot nicht wirklich annehmen."

Herr van Haren, Tim und Emma schauten erstaunt in Neles Gesicht, in dem sich Traurigkeit, Entschlossenheit und Unsicherheit zugleich spiegelten. Nele kniff ihren Mund zusammen und legte ihre Stirn entschlossen in Falten.

„Ich kann nicht", wiederholte sie mit fester Stimme. „Was soll meine Familie denken, wenn ich plötzlich auf Ihrem teuren Pferd reiten darf? Meine Schwester hat zwar totalen Schwachsinn veranstaltet, ist aber ansonsten ziemlich klug. Sie würde sofort unangenehme Fragen stellen. So leid es mir tut – aber ich gehe lieber ohne Belohnung aus der Sache, als neuen Ärger mit Alexandra zu riskieren. Abgesehen davon kann ich mir auch vorstellen, dass es mir mein Jimmy ganz schön krummnehmen würde, wenn ich plötzlich meine Ausritte auf einem anderen Pferd machen würde." Nele schüttelte entschlossen den Kopf und streckte Herrn van Haren die Hand hin. „Aber vielen Dank für das Angebot! Ich freue mich einfach für meine Freundin mit", fügte sie hinzu und schüttelte seine Hand kräftig.

★★★

Als die beiden Mädchen eine Weile später, nachdem die Männer sich verabschiedet hatten, am Teich saßen und ihre Beine ins kühle Nass baumeln ließen und auf das Wasser starrten, konnten sie es immer noch nicht glauben, wie gut die ganze Geschichte für alle ausgegangen war.

„Und ich dachte, der Besitzer von Olymp wäre ein aufgeblasener, arroganter Kerl", murmelte Emma und ließ ihre Füße auf die Wasseroberfläche platschen, sodass kleine Wellen den Teich überquerten.

„Warum denn das?", fragte Nele. „Pferdebesitzer wertvoller Pferde müssen doch nicht unbedingt arrogant sein. Ich glaube, du hast in deiner Stadt zu viele komische Filme gesehen. Ich kenne keinen einzigen reichen Pferdebesitzer, der arrogant ist."

„Wie viele kennst du denn, Landei?", fragte Emma amüsiert und verdrehte die Augen.

„Naja, da wäre Olymps Besitzer ..." Nele streckte die Hand vor und spreizte ihren Daumen ab, um ihre Aufzählung zu bekräftigen. „Ähm ... und zweitens wäre da noch ..." Sie brach ihren Satz ab und zuckte mit den Schultern. „Das war es wohl! Ich ergebe mich!"

Sie hielt beide Arme nach oben, als würde Emma sie bedrohen, und stimmte in das Lachen ihrer Freundin mit ein.

Erste Reitversuche

„Hier, nimm den", sagte Nele und hielt Emma den Reithelm ihrer Schwester entgegen. Emma fühlte sich wie ein Ritter in einer Rüstung. Die langen Reitstiefel, die enge Reithose, die Sicherheitsweste, die um ihren Rücken und Bauch geschnallt war, und jetzt noch der Helm auf ihrem Kopf, den Nele unter ihrem Kinn zumachte! Alles schien sie einzuengen und unbeweglich zu machen. Vor Emmas innerem Auge stand immer noch das Bild von Jimmy und Nele, wie sie auf der Lichtung so frei zusammen geritten waren. Doch ihr jetziger Zustand schien so weit weg wie nur irgend möglich von dieser Traumvorstellung.

Sie schüttelte ihre Gedanken ab, wie man lästige Kletten von der Kleidung abstreift, und konzentrierte sich auf die Gegenwart.

Ihr etwas unbeholfener Zustand nahm Emma nicht unbedingt den großen Respekt vor dem, was sie in den nächsten Minuten erwarten würde. Für etwas Erleichterung sorgte ein Blick zum Eingang der Reithalle, wo Jimmy fertig gesattelt stand. Hätte Emma ihre ersten Versuche auf einem richtig großen Pferd starten sollen, wäre ihr Herz wahrscheinlich nicht nur in ihre Hose gerutscht, sondern sie hätte vor Angst gekniffen. Aber Jimmy war vertrauenswürdig, das hatte er Emma schon mehrere Male bewiesen.

Als Tim lächelnd in die Reithalle trat, schnappte Emma panisch nach Luft.

„Hey, bleib locker", beruhigte Nele ihre Freundin. „Schließlich ist das nicht das erste Mal, dass du auf Jimmy reitest."

Emma schluckte. Tatsächlich war es kein großer Trost, dass sie schon einmal auf Jimmy zusammen mit ihrer Freundin geritten war. Immerhin sollte sie jetzt allein auf den Pferderücken steigen.

Tim begrüßte Jimmy mit einer liebevollen Geste und kam dann auf Emma zu. „Du bist ja bestens verpackt", lachte er und begutachtete Emma von oben bis unten. „Sind deine Eltern gar nicht hier?" Suchend ließ er seinen Blick durch die Halle schweifen.

„Ich hab ihnen verboten, dabei zu sein", erklärte

Emma und rieb sich nervös die Hände. „Erst wenn ich mich einigermaßen auf Jimmy halten kann, dürfen sie zuschauen."

Tim nickte und führte Emma zu Jimmy. Gemeinsam begrüßten sie das Pony, indem sie ihm liebevoll über die Nase streichelten.

„Und du bist der Glückspilz, der diesem Mädchen zeigen darf, wie es ist zu reiten?" Jimmy schnaubte leise, als Tim ihm über sein schönes weiches Fell strich. Dann wandte er sich an Emma, die immer noch ziemlich nervös neben ihm stand. „Emma, Pferde sind wahnsinnig sensible Tiere. Oft merken sie, wie es einem geht, bevor man es überhaupt selbst wahrgenommen hat. Ich hab das Gefühl, als würde Jimmy dir gerne die Panik nehmen und dich am liebsten ganz locker auf einen Ritt einladen." Emma starrte verunsichert auf ihre Füße. „Wenn du all deine Muskeln so anspannst wie gerade, wird es schwierig für Jimmy, locker mit dir zu reiten."

Tim bat Emma, ihre Sicherheitsweste loszuschnallen. Dann nahm er sie am Arm und führte sie eine Runde durch die Reithalle. Emma merkte, wie sich ihre Muskeln nach und nach wieder entspannten.

„Du sollst Spaß daran haben", erklärte Tim. „Nele hat mir erzählt, dass du schon mal mit ihr zusammen auf Jimmy geritten bist."

Emma nickte und blickte quer durch die Halle zu ihrer Freundin, die sich mit Jimmy unterhielt.

„Und wie war das für dich?" Tim legte seinen Kopf zur Seite und schaute Emma fragend an.

„Erst hatte ich ein bisschen Angst, aber dann hat es Spaß ohne Ende gemacht", antwortete Emma und lächelte in Neles und Jimmys Richtung.

„Na siehst du: Genau das wollen wir von den nächsten Minuten erwarten. Dass ihr zwei, du und Jimmy, Spaß ohne Ende zusammen habt. Jimmy ist dazu bereit und freut sich riesig auf dich."

Nachdem sie ihre Runde durch die Halle beendet hatten, standen sie wieder vor dem Pony, das Emma mit erwartungsvollen Blicken anschaute.

„Na dann, legen wir mal los", sagte Tim und half Emma, auf Jimmys Rücken zu steigen.

„Was ist mit der Weste?", fragte Emma und zeigte auf die Sicherheitsweste, die Tim über die Absperrung gelegt hatte.

„Die brauchst du heute nicht", beruhigte er sie. „Heute ist es einfach nur wichtig, dass du dich entspannen kannst. Wir werden nicht im wilden Galopp reiten, sodass du unbedingt eine Weste als Schutz brauchst. Und Jimmy ist ja netterweise von der kleineren Sorte."

Jimmy schnaufte und schüttelte den Kopf, was Emma ein Lächeln entlockte.

„Klein, aber oho!", sagte sie. Sie beugte sich ein wenig im Sattel vor und streichelte anerkennend Jimmys Hals, so wie sie es bei Nele schon einige Male beobachtet hatte.

„Nachdem wir das geklärt haben, beginnen wir mit der ersten Lektion. Wichtig ist, dass du tief im Sattel sitzt." Tim zog an den Steigbügeln. „Die Steigbügel sollten immer so tief hängen, dass du deine Beine ausstrecken kannst. Sie gehören an die breiteste Stelle deiner Sohle, sodass die Ferse etwas tiefer liegen kann." Tim stellte die Steigbügel in der richtigen Höhe fest und zeigte Emma, an welcher Stelle des Bügels der Fuß stehen sollte. „Setz dich in den tiefsten Punkt des Sattels und richte dich auf." Er schob Emma noch ein wenig nach vorn. „So ist es gut!"

Nele, die auf den Zuschauerrängen saß, grinste ihre Freundin über beide Wangen an, was in ihrem Gesicht ein herrliches Durcheinander der Sommersprossen verursachte, und hielt ihren Daumen in die Höhe.

„Emma!"

Emma schaute zu Tim, der sie ernst ansah. „Das Träumen musst du auf später verschieben, ok?"

Emma nickte und versuchte sich auf die weiteren Anweisungen von Tim zu konzentrieren. Gerade sitzen, als wäre ein Faden durch den Körper gespannt; die Beine eng am Körper des Pferdes, um mit dem Tier kommunizieren zu können. Die Beine leicht beugen, damit Fersen, Hüften und die Schultern in einer Linie waren; die Zügel locker halten; die Hände auf beide Seiten des Ponyhalses, mit den Daumen nach oben; Hände nicht verkrampfen und niemals grob am Zügel ziehen.

„Eigentlich machen wir Reiter nur ganz unschein-
bare Bewegungen und können damit dem Pferd zeigen, was es tun soll", hörte Emma Tims Erklärung.
„Um loszureiten, drückst du beide Unterschenkel an
den Bauch des Ponys. Um anzuhalten, drückst du beide Beine an Jimmys Bauch und nimmst die Hände mit
den Zügeln ein wenig zurück. Wenn Jimmy stehen
bleibt, lockerst du die Zügel wieder."

Emma nickte konzentriert und hoffte, dass sie sich
alles merken konnte.

„Na, dann mal los, Emma", sagte Tim. Emma riss
die Augen fragend auf. „Das Führen können wir uns
ersparen. Du sitzt schon wunderbar im Sattel und
Jimmy ist so ein treuer Gefährte, dass wir auch gleich
in die Vollen gehen können. Ich lauf nebenher und
pass auf euch beide auf." Tim lächelte Emma aufmunternd an.

Emma sah Nele fragend an, die wieder das Dau-
men-hoch-Zeichen machte.

„Okay ..." Emma atmete tief ein und drückte, so wie
Tim ihr erklärt hatte, beide Unterschenkel an Jimmys
Bauch. Der setzte sich ganz gelassen in Bewegung.

„Denk an deine Haltung", erinnerte Tim Emma,
die auf Jimmys Rücken hin und her rutschte. „Du
machst das wunderbar!", lobte er. „Den Kopf hoch-
halten!"

Was für ein Gefühl! Emma war erstaunt, wie ein
Pferd sich so ergeben von seinem Reiter führen ließ.

Was für eine Ehre, dachte sie und konzentrierte sich wieder auf ihre Haltung. „Danke!", murmelte sie.

„Das machst du wirklich gut", sagte Tim, der immer noch neben ihr herlief und sie und Jimmy mit Adleraugen beäugte, „als hättest du nie etwas anderes gemacht!"

„Jimmy macht es mir aber auch wirklich leicht", erwiderte Emma dankbar.

„Wie wäre es, wenn wir das Tempo gleich in den Trab steigern?", fragte Tim.

„Oh ja!" Emma wunderte sich selbst am meisten darüber, dass sie gar nicht genug vom Reiten bekommen konnte.

„Wenn du Jimmy zum Antraben bringen möchtest, musst du gleich beide Unterschenkel an seinen Bauch drücken. Aber vorher solltest du noch wissen, dass es im Trab wichtig ist zu versuchen, dich im Takt des Trabes aufzurichten und hinzusetzen. Sonst hoppelst du auf Jimmy herum, was weder für dich noch für ihn sehr angenehm ist. Du setzt dich in den Sattel, wenn Jimmys äußeres Vorderbein hinten ist, und hebst dich leicht aus dem Sattel, wenn das äußere Vorderbein nach vorne geht. Ich werde für dich mitzählen, damit du dich daran gewöhnen kannst. Also, los geht der Spaß!"

Tim nickte Emma zu, die gehorsam mit ihren Unterschenkeln an Jimmys Bauch drückte. Sofort veränderte Jimmy seinen Schritt.

Tim gab die Kommandos: „Jetzt auf-ab." Dann zählte er: „Eins-zwei, eins-zwei ...", was Emma half, sich auf ihre Haltung zu konzentrieren. Nach ein paar Runden fühlte sie sich schon richtig eins mit Jimmy. In ihrem Bauch kribbelte es vor Stolz und Freude.

„So, jetzt werdet ihr bitte mal wieder langsamer", keuchte Tim, der die ganze Zeit neben Emma und Jimmy hergelaufen war.

Nachdem die beiden ihr Tempo verlangsamt hatten und Jimmy wieder im Schritt durch die Halle stolzierte, atmete auch Tim allmählich wieder ruhiger. „Mensch, Emma, dafür, dass du das erste Mal allein auf einem Pferd gesessen hast, hast du das schon exzellent gemacht. Ich bin total baff!", lobte er. In seinen Augen leuchtete Stolz auf.

„Ihr beide seid ein wirklich gutes Team", rief auch Nele, die zu ihnen gerannt kam und über beide Wangen grinste. „Hab ich dir nicht gesagt, Stadtmädchen, dass du es eines Tages lieben wirst, auf einem Pferd zu sitzen?"

Emma grinste, als sie in das strahlende Gesicht ihrer Freundin schaute, auf dem die Sommersprossen witzige Formationen annahmen.

„Die Wette hast du wohl gewonnen!" Emma konnte sich ein Lachen nicht verkneifen. *Wie ist das möglich?*, dachte sie und hätte sich am liebsten ins Bein gezwickt. *Noch vor einigen Wochen hatte ich eine Heidenangst* vor Pferden – und jetzt sitze ich auf Jimmy, als wäre es das Normalste auf dieser Welt.

Tim riss sie aus ihren Gedanken, als er ihr und Nele ein paar kurze Anweisungen erteilte. „Ob du willst oder nicht, Emma, wir müssen Schluss machen für heute. Jimmy hat sich eine Pause verdient. Nele, du zeigst Emma, wie man das Pferd versorgt, wenn man es geritten hat."

Nele nahm ihre Hand an die Stirn und salutierte. „Jawohl, Herr Oberleutnant!"

Tim schüttelte den Kopf, konnte sich aber ein Lächeln nicht verkneifen. Nachdem Emma Jimmy dazu gebracht hatte, anzuhalten, erklärte Tim ihr, wie sie am besten aus dem Sattel steigen sollte.

Kurz darauf stand Emma neben Jimmy und schwankte ein wenig hin und her. „Man könnte sich daran gewöhnen, ein Pferd als Untersatz zu haben", meinte sie und betastete ihre Beine, die sich irgendwie seltsam anfühlten.

„Muskelkater ist nicht ausgeschlossen", grinste Tim. „So, Mädels, ich muss los! Wir sehen uns übermorgen zur nächsten Reitstunde. Ich schau noch mal nach Olymp und dann bin ich weg."

Als er das Tor öffnete, kam ein Schwall warme Luft in die Halle und erinnerte die Mädchen an die glühenden Temperaturen, die draußen herrschten.

★★★

Nachdem Nele und Emma Jimmy nach dem Reiten versorgt hatten, stand Emma mal wieder vor Windhauchs Box. Irgendetwas zog sie seit ihrer letzten Begegnung immer wieder hierher. Sie streckte ihre Hand durch die Gitter. Windhauch, der, wie magnetisch angezogen, bei Emmas Anblick sofort zum Boxeneingang gekommen war, schmiegte seinen Kopf zärtlich in Emmas Hand. Seine Nüstern vibrierten.

„Was geht da zwischen euch beiden ab?", fragte Nele kopfschüttelnd.

„Ich weiß auch nicht", sagte Emma, „irgendwie fühlen wir uns voneinander angezogen." Sie strahlte und strich Windhauch noch einmal über die Nase und Stirn, dann verabschiedete sie sich von ihm. „Mach's gut, mein Großer!"

Schweren Herzens gesellte Emma sich zu ihrer Freundin, die bereits auf dem Weg nach draußen war.

„Hast du den Besitzer in den letzten Tagen mal gesehen?", fragte sie Nele, als sie sie auf dem Hof eingeholt hatte.

„Windhauchs Besitzer?" Nele schüttelte den Kopf. „Nein, nicht wirklich. Im Moment scheint sich Herr Ritter darum zu kümmern, dass Windhauch seine Bewegung und Versorgung bekommt."

„Hm ..." Emma ging gedankenversunken neben ihrer Freundin her.

„Hey, morgen bekommt ihr eure ersten Gäste!", rief Nele plötzlich.

Emma zuckte vor Schreck zusammen, weil ihre Freundin ihr so unvermittelt ins Ohr geschrien hatte.

„Ja, Mama freut sich schon riesig und hat alles blitzeblank geputzt."

„Wann kommen sie denn?", fragte Nele. Emma sah ihr an der Nasenspitze an, dass ihrer Freundin mal wieder eine Idee im Kopf herumschwirrte.

„Morgen Nachmittag um 17 Uhr", antwortete sie.

„Wir können ja das Begrüßungskomitee abgeben. Wir pflücken ein paar Blümchen und ich bringe Blaubeermuffins und Kräuterlimo von meiner Mutter mit. Ich könnte auch einen schönen Fisch angeln und ihn –"

„Lass bloß eure Fische im Teich!", unterbrach Emma sie und zog ihre Augenbrauen nach oben. „Ich kann mir nicht vorstellen, dass die Herrschaften Lust auf einen frisch gefangenen Fisch haben."

Nele machte einen ziemlich enttäuschten Eindruck, woraufhin Emma schnell versicherte: „Aber die Idee mit den Blaubeermuffins ist wunderbar!"

Neles Augen fingen an zu strahlen, und nachdem die beiden sich verabschiedet hatten, rannte sie mit wehenden Locken, auf denen ihr Hut lebhaft tanzte, den Berg runter.

Die große Enttäuschung

„Hast du alles bereit?" Emma saß mit einem wunderschönen Blumenstrauß auf den Stufen vor der Haustür und blickte ihre Freundin fragend an.

„Ja, alles da", bestätigte die und blickte auf ihre Armbanduhr.

„Hast du das Gästezimmer gesehen?", fragte Emma.

„Ich glaube, deine Mama hätte mich nicht ins Haus gelassen, wenn ich ihr nicht versprochen hätte, mir das Zimmer anzuschauen. Sie hat es so gemütlich gemacht. Ich wäre auf der Stelle eingezogen, wenn sie mich nicht mit aller Kraft aus dem Zimmer wieder herausgezerrt hätte."

Emma musste lachen, weil sie sich die Situation lebhaft vorstellen konnte. Mensch, was war ihre Mutter aufgeregt! Emma hatte ihr Zuhause noch nie in einem solch makellosen Zustand gesehen.

„Wir wohnen doch nicht in einem Museum", hatte ihr Papa protestiert, als ihre Mutter seine Füße vom Wohnzimmertisch heruntergeschubst und den Berg Zeitschriften wieder neben ihm in den Zeitungsständer gestopft hatte.

„Wenn meine Mutter jetzt immer so aus dem Häuschen ist, wenn Gäste kommen, dann Prost Mahlzeit!"

„Was erwartest du, Emma? Das sind eure ersten Gäste. Wäre deine Mutter nicht aufgeregt, würde ich mir viel mehr Sorgen machen. Aber eines weiß ich mit Sicherheit: Sie muss überhaupt keinen Grund haben, nervös zu sein, schließlich ist ihre Unterkunft unschlagbar. Ich kenne keine Pension, die schöner ist."

Emma schüttelte den Kopf. „Das Einschleimen kannst du dir für meine Mutter aufheben, Nele. In wie vielen Pensionen hast du denn schon geschlafen, dass du das beurteilen kannst?"

Nele zuckte jetzt mit den Schultern. „Waren vielleicht doch noch nicht so viele ..."

Emma musste lachen und stupste ihre Freundin an, die daraufhin ärgerlich ihren grünen Försterhut gerade rückte.

„Da!", rief Nele plötzlich und sprang auf. Sie deutete auf einen grauen Opel Astra mit zwei Fahrrädern auf dem Gepäckträger, der sich langsam in ihre Richtung über den Schotterweg am Teich entlangbewegte.

„Das müssen sie sein", stimmte Emma zu und merkte, wie ihr Herz einen Freudensprung machte. Gespannt blickten die Freundinnen dem kriechenden Auto entgegen. Es kam ihnen wie eine Ewigkeit vor, bis der Wagen endlich auf der Auffahrt neben dem mit Blumen verzierten Pensionsschild anhielt.

„Ich wusste gar nicht, dass ein Auto so langsam fahren kann", flüsterte Nele Emma ins Ohr und konnte ihr Kichern nicht unterdrücken. „Da ist ja sogar Frieda schneller, die lahmende Nacktschnecke aus Mamas Gemüsebeet!"

Emma stieß ihre Freundin fest in die Seite, die daraufhin sofort mit ihrem Gegacker aufhörte. „Ist ja okay", jammerte sie, „ich benehme mich ja schon."

Nele streckte die Schultern und folgte ihrer Freundin, die auf das ältere Ehepaar zuging.

„Herzlich willkommen!", begrüßte Emma das Ehepaar und hielt der Dame den Blumenstrauß hin.

„Wir sind froh, dass wir hier heil angekommen sind", meckerte die Frau gleich los. Emma und Nele schauten sich überrascht an. „Wenn unser schönes Auto jetzt eine Macke abbekommen hat, weil wir über diesen ... diesen ... Steinweg fahren mussten, dann wird das noch ein Nachspiel haben!"

Wütend stapfte die Frau zum Haus, machte vorher noch eine abfällige Handbewegung in Richtung Emma und dem Blumenstrauß, den sie in der Hand hielt, und polterte weiter. „Schau dir nur an, wie staubig das Auto jetzt ist, Hermann! Wie willst du das je wieder sauber kriegen?"

Emma und Nele standen völlig verdutzt am Auto. Jede Freude auf ihren Gesichtern war wie Staub mit einem Besen weggefegt.

„Unser Gepäck ist im Kofferraum", schrie die Frau die beiden mit ihrer quiekenden Stimme an. „Nicht mal das mit dem Gepäck kriegen die hier geregelt!"

Emma und Nele wechselten finstere Blicke und ließen ihre Willkommensgeschenke sinken. Dann gingen sie zum Kofferraum, den der Mann geöffnet hatte, und zogen die Gepäckstücke heraus. Sie trugen die Koffer zur Haustür und stellten sie auf der Treppe ab.

„Vielleicht hättet ihr euch mal die Hände waschen sollen, bevor ihr die Koffer anfasst", meinte die Frau und verzog angeekelt ihren Mund.

Emma merkte, dass Nele kurz vor einem Wutausbruch stand, und war froh, dass sich die Haustür endlich öffnete und ihre Mutter mit einem strahlenden Gesicht heraustrat.

„Schön, dass Sie da sind, Frau Obermeyer, Herr Obermeyer!", sagte sie herzlich. Als sie erstaunt in die genervten Gesichter blickte, fügte sie schnell hinzu: „Ich musste gerade noch den Braten aus dem Backofen holen, deswegen hat es ein wenig gedauert, bis ich an der Tür war." Sie schaute irritiert zu den beiden Mädchen, die gequält ihre Gesichter verzogen. „Kommen Sie doch herein. Ich zeige Ihnen gleich Ihr Zimmer."

Nachdem das Ehepaar hinter ihrer Mutter im Haus verschwunden war, schaute Emma Nele an, die immer noch einen hochroten Kopf hatte, und schüttelte den Kopf. „Das kann ja heiter werden", stöhnte sie und steckte sich eine Haarsträhne hinter ihr Ohr.

„*Heiter* ist da wohl der absolut falsche Ausdruck", zischte Nele. „Die Frau ist eine Furie!"

„Ich hoffe nur, dass meine Mutter nicht zu sehr enttäuscht ist", murmelte Emma und musste an die irritierten Blicke ihrer Mutter denken. „Am besten bringen wir den Krempel schnell in ihr Zimmer, sonst haben sie gleich wieder etwas zu meckern." Sie schnappte sich zwei Taschen und verschwand ebenfalls im Haus, wohin Nele ihr mit dem Rest des Gepäcks folgte.

***

„Du kannst dir gar nicht vorstellen, wie schrecklich diese Leute sind!", seufzte Emma, die mit Nele auf der Wiese vor Neles Haus lag und zum Bach hinunterstarrte.

„Oh doch, das kann ich!" Nele legte tröstend einen Arm um ihre Freundin.

„Keine Ahnung, wie Mama es schafft, immer noch so freundlich mit dieser Frau umzugehen. Ich könnte sie in der Luft zerreißen, wenn ich sie nur von Weitem sehe! Und dummerweise wohnt sie unter unserem Dach." Emma warf wütend einen Stein in den kleinen Bach.

„Ich würde es keine drei Stunden mit denen im gleichen Haus aushalten", sagte Nele nachdenklich und setzte sich auf. „Wie wäre es, wenn wir uns aus dem Staub machen? Wenn wir übers Wochenende unser Zelt irgendwo aufschlagen – weg sind wir? Meine Familie ist am Samstag sowieso wieder ausgeflogen, wegen eines Auftrittes meiner liebsten Schwesterballerinarin, da würde das wunderbar passen."

„Ich kann meine Mutter gerade jetzt nicht allein lassen. Für sie ist es schon hart genug, dass ihre ersten Gäste eine so bittere Enttäuschung sind."

„Hey, Kopf hoch!", versuchte Nele eine andere Aufmunterungsstrategie. „Sie bleiben ja keine Ewigkeit bei euch, sondern nur eine Woche. Hat der Mann dieser Meckertante eigentlich schon ein Wort herausgebracht?"

„Der lässt dieses ganze Gejammer, glaube ich, komplett an sich abprallen. Wenn er etwas sagt, dann ist man jedes Mal erstaunt, wie freundlich er ist."

„Hallo, ihr beiden! Ihr habt Glück, ihr dürft rumgammeln", rief plötzlich jemand.

Nele und Emma blickten zu dem kleinen Pfad, der

zum Reitergut führte, und winkten Alexandra zu, die mit ihrem Fahrrad Richtung Gut fuhr.

„Wie geht es Alexandra inzwischen?", fragte Emma ihre Freundin.

„Sie trägt alles mit Fassung", meinte Nele, setzte sich in den Schneidersitz und rupfte nachdenklich ein paar Grashalme ab. „Irgendwie bewundere ich sie schon dafür, dass sie die Strafe mit den anderen einfach so über sich ergehen lässt. Sie ist ja auf ihrem eigenen Pferd geritten. Ich glaube, Peter hätte die ganze Schuld auf sich genommen, wenn die anderen nicht darauf bestanden hätten, dass sie genauso beteiligt waren. Er hatte schließlich die Idee. Nur er wusste, wann für so eine Aktion der richtige Augenblick war. Das Mittagsschläfchen von seinem Dad bot die beste Zeit, unentdeckt davonzuziehen. Aber ich glaube, den Nervenkitzel, mit dem teuersten Pferd aus der ganzen Gegend durchzubrennen, den haben alle vier verspürt. Und zusammen fühlt man sich ja oft unbezwingbar. Wirklich dumme Idee! Andererseits – wie sie jetzt alle zusammenhalten und die Strafe gemeinsam durchziehen, das finde ich auch wieder klasse." Nele steckte sich einen Grashalm in den Mund und kaute darauf herum.

„Werden sie hart rangenommen?", fragte Emma neugierig.

„Ja, ganz schön! Meine Eltern unterstützen die ganze Sache. Sie sind froh, dass die vier nicht härter bestraft wurden. Alexandra ist, sobald sie aus der Schule nach Hause kommt, mit den anderen im Stall oder bei Olymps Besitzer. Sämtliche Termine, die sie sonst noch so hatte, sind gestrichen worden. Nur das Tanzen ist eine Ausnahme geblieben – ich glaube, das hätte unsere Primaballerina auch nicht überlebt. Das Krasseste ist, dass sie die ganzen Herbstferien jetzt auf dem Anwesen vom Olymps Besitzer verbringen müssen, um dort mit anzupacken. Die kompletten Herbstferien – da haben sie sich ein ganz schön dickes Ei gelegt."

„Strafe muss sein!", murmelte Emma und ließ sich rückwärts in die Wiese fallen. Sie beobachtete die weißen Wolken, die in den verschiedensten Formen am blauen Himmel vorbeischwebten.

Nele legte sich neben sie und schaute ebenfalls in den Himmel. „Herrlich, was?", seufzte sie zufrieden.

„Da, schau mal, Pferde!", rief Emma und zeigte auf eine Wolkengruppe, die aussah wie eine Herde Pferde, die wild über den Himmel galoppierten.

„Wow!" Nele hielt ihre Hand vor die Augen und war sichtlich beeindruckt. „Sowas hab ich noch nie gesehen!"

Sie starrten noch eine Weile in die Wolken, bis Nele sich plötzlich aufrichtete. „Deine Reitstunde!", stieß sie erschrocken aus und sprang auf die Füße. Beide Mädchen rannten wie zwei gejagte Hunde über die Wiesen zur Reithalle.

Dort wartete Tim bereits mit dem gesattelten Jimmy auf sie. „Ich dachte schon, ihr hättet uns vergessen." Tim winkte, als die Mädchen außer Atem in die Halle stürzten. Beide ließen sich schnaufend auf die Zuschauerränge plumpsen und lehnten sich erschöpft nach hinten. Jimmy schnaufte erfreut.

„Wir haben Probleme gewälzt", röchelte Nele und zog den Försterhut von ihren verschwitzten Locken.

Emma schlüpfte hastig in die Reitstiefel und zerrte den Helm auf ihrem Kopf fest.

„Na, dann legen wir mal los!" Tim nickte Emma zu. „Jimmy hat schon sehnsüchtig auf seine Reitstunde mit dir gewartet." Er half Emma, ihren Platz auf Jimmy einzunehmen. „Emma, konzentriere dich auf deine Haltung. Ihr seid eine Einheit. Nicht ablenken lassen!"

Emma biss sich auf die Lippe. Sie musste zugeben, dass Tim recht hatte. Immer wieder drifteten ihre Gedanken zu ihren Pensionsgästen, sodass kalte Wut in ihr Herz schwappte.

Jesus, hilf mir, nicht wütend zu sein!, betete Emma im Stillen, *und nimm mir jetzt diese doofen Gedanken aus dem Kopf.*

„Emma, Haltung!" Tim forderte sie mit einem Blick auf anzuhalten. Als Jimmy ruhig stand, wurde Emma bewusst, dass sie die ganze Zeit an alles Mögliche gedacht hatte – nur nicht an das schöne Pony, das sie so zuverlässig durch die Gegend trug.

Sie beugte sich vor. „Es tut mir leid, Jimmy", sagte sie und streichelte über sein wunderschönes Fell. Jimmy schnaubte leise, als wolle er sagen, dass er die Entschuldigung annahm. Emma musste lachen.

„Na, das wurde auch mal Zeit, Fräulein Emma!", sagte Tim. „Dann können wir jetzt richtig anfangen!"

Er gab ihr ein Zeichen und Emma forderte Jimmy auf, eine erneute Runde zu drehen.

„So ist es besser!", lobte Tim. Allmählich verschwand alles um Emma herum. Nur noch sie und Jimmy spielten eine Rolle. Alle Probleme, die eben noch eine Rolle gespielt hatten, waren wie weggeblasen. Ihr Herz hüpfte, als sie mit Jimmy in den leichten Trab wechselte. Sie hatte sich Reiten immer viel schwerer vorgestellt, aber mit Jimmy war es so einfach. Er gab ihr das Gefühl, völlig frei zu sein.

„Sehr schön!", hörte sie Tim wie vom anderen Ende eines Tunnels sprechen. „Ihr macht das super!"

Nele war von ihrem Tribünenplatz aufgestanden und beobachtete ihr Pferd und ihre Freundin glücklich. „Ich wusste es!", rief sie und klatschte vergnügt in die Hände. Emma lächelte glücklich und dankte Gott in ihrem Herzen für die Möglichkeit, hier auf Neles Pferd reiten zu dürfen.

★★★

Nach dem Abendessen räumte Emma mit ihrem Vater den Tisch ab. Emmas Mutter hatte sich fix und fertig auf das Sofa gelegt.

„Diese Gäste sind wirklich unterirdisch", fing Emma an zu maulen, „ein richtiger Drache ist die gnädige Frau. An allem und jedem hat sie etwas auszusetzen." Emma legte das Besteck in das Besteckfach der Spülmaschine und schaute ihren Vater, der gerade das dreckige Blech abspülte, traurig an.

Dieser trocknete sich jetzt die Hände an einem Küchentuch ab und nahm Emma in den Arm. „Ich hätte mir auch nettere Gäste für Mami gewünscht", sagte er, „sie hat sich mit allem so viel Mühe gemacht. Aber weißt du was?" Er nahm Emmas Gesicht in seine Hand und zog ihr Kinn leicht in seine Richtung. „Wir bekommen nicht immer das, was wir meinen zu verdienen. Manchmal sind wir gezwungen, mit Menschen klarzukommen, die alles andere als auf unserer Welle schwimmen. Dann müssen wir das Beste daraus machen, auch wenn das eine Menge unserer Kraft abverlangt. Wie gut, dass wir uns dafür immer wieder Liebe und Kraft bei Gott abholen können."

Ihr Vater nahm sie in seine starken Arme und Emma legte ihren Kopf an seine Brust.

***

Als sie am Abend in ihrem Bett lag und über alles nachdachte, knipste Emma ihre Nachttischlampe an und zog ihre Bibel aus der Nachttischschublade heraus. Sie blätterte ein wenig darin, bis ein Lesezeichen die Seiten stoppte. Einen Vers hatte sie auf dieser Seite vor einiger Zeit mit einem gelben Buntstift unterstrichen. *„Sorgen drücken einen Menschen nieder – aber freundliche Worte richten ihn wieder auf."*

Emmas Gedanken wanderten zu ihrer Mutter, die mit Sicherheit freundliche Worte vertragen konnte. Sie nahm sich fest vor, ihr am nächsten Tag etwas Nettes zu sagen. Dann dachte sie an die Gäste, die irgendwo unter ihr in ihrem gemütlichen Bett lagen. Vielleicht hatte die Frau ja so viele Sorgen, dass sie nicht anders konnte, als nur noch Gift zu versprühen. Vielleicht gab es einen Grund, warum sie so war, wie sie war. *Freundliche Worte*, schoss es Emma durch ihren Kopf, *vielleicht sind die nötig, um ein Fenster für das Schöne zu öffnen.*

„Gott, gib mir Kraft, den Gästen trotz allem freundlich zu begegnen. Hilf mir dabei, ihnen Gutes zu wünschen und nichts Böses!" Emma legte ihre Bibel zur Seite und knipste ihre Nachttischlampe aus. Die Dunkelheit legte sich über sie wie eine warme Decke, als Emma in einen tiefen Schlaf glitt.

Sie flog über den Feldweg, die Arme ausgestreckt zu beiden Seiten. Das Schlagen der Hufe unter ihr klang lebendig und stark. Ihre Augen waren fest geschlossen und sie gab sich nur dem Rhythmus des Pferdes unter ihr hin. Wer wollte fliegen, wenn man so auf einem Pferd reiten konnte? Emma öffnete ihre Augen, blickte auf den Weg vor ihr und nahm die Zügel wieder fest in ihre Hände. Sie beugte sich nach unten und streichelte Jimmys Hals. Verwundert blickte sie jetzt auf das Fell unter ihrer Hand. Es war rotbraun. Emma schüttelte den Kopf und blinzelte mit den Augen. Erst allmählich begriff sie, dass sie nicht auf Jimmy, sondern auf Windhauch ritt. Ihre Augen füllten sich mit Freudentränen und ihr Herz klopfte schneller. Wieder beugte sie sich vor und streichelte über Windhauchs Hals. Als sie sich aufrichtete, war es zu spät, um zu reagieren. Das Auto kam zu schnell auf sie zugerast. Ein Krachen, ein fürchterlicher Laut, den Windhauch ausstieß, und Emma schleuderte durch die Luft. „Neeein!", hörte sie sich selbst schreien. Dann tauchte sie in die Dunkelheit ein.

Emma saß kerzengrade in ihrem Bett und schnappte nach Luft. Nur ein Traum, nur ein Traum, schoss es ihr durch den Kopf. Am ganzen Körper klebte kalter Schweiß und ihre Hände zitterten. Wie konnte ein Traum nur so real sein?

Sie warf das Laken zur Seite und setzte sich auf die Bettkante. „Puh", seufzte sie, ging zum Fenster und schaute auf die herrliche Sommerlandschaft. Einige Pferde standen bereits auf einer Weide und knabberten genüsslich. Die Sonne, die ihre ersten Strahlen über den Horizont schickte, verkündete einen herrlichen Tag. Emma rieb sich die Augen und hoffte, dass die Erinnerungen an diesen schönen und zugleich fürchterlichen Traum bald verblassen würden. Mit ihren Anziehsachen unter dem Arm verschwand sie im Bad, um die Müdigkeit von der Dusche abspülen zu lassen.

Eine halbe Stunde später fühlte sich Emma wieder frisch und lebendig und hüpfte mit einem zusammengerollten Zettel in der Hand die Treppe runter. Mit einem freundlichen „Guten Morgen" stieß sie die Küchentür auf.

Ihre Mutter saß über eine Tasse Kaffee gebeugt am Küchentisch, wischte sich hektisch mit dem Handrücken über ihr Gesicht und erwiderte ihren Gruß. Doch Emma waren ihre roten Augen nicht entgangen. Sie umarmte ihre Mutter und blickte sie liebevoll an. Ihre Mutter lächelte verhalten zurück.

„Lass dir die Freude von denen nicht nehmen, Mami!", flüsterte Emma und zog sich einen Stuhl heran, um sich neben sie zu setzen. „Du hast alles so wundervoll vorbereitet und bist trotz ihrer lieblosen Art noch so freundlich. Wenn die das nicht sehen, sind sie blind!"

Emmas Mutter schluckte und tupfte sich mit einem zerknüllten Taschentuch über die Augen. Emma schloss ihre Mutter fest in ihre Umarmung. Nach einer Weile löste sich ihre Mutter aus der Umarmung, wischte sich erneut die Augen mit dem zerknüllten Taschentuch und schaute dankbar in Emmas Richtung.

„Das tat gut!" Sie lächelte Emma tapfer an. „Wir machen uns jetzt ein leckeres Frühstück und beginnen den Tag noch mal richtig mit den Menschen, die wir lieben."

Emmas Mutter fing an, das Geschirr aus dem Schrank zu holen. Emma verteilte alles auf dem Tisch und legte ihr zusammengerolltes Blatt auf den Teller ihrer Mutter. Als Emmas Vater in die Küche kam, war der Frühstückstisch bereits wunderschön gedeckt und es roch nach frisch gebrühtem Kaffee. Nachdem auch Emmas Mama endlich am Tisch Platz genommen hatte, blickte sie verwundert auf die Rolle, die auf ihrem Teller lag. Sie nahm sie in die Hand und lächelte Emma an. Dann rollte sie das Blatt auseinander und las sich das Geschriebene durch. Ein fröhliches Lächeln verjagte alle Sorgenfalten aus ihrem Gesicht. Emma spürte ein wohlig warmes Gefühl in ihrem Bauch.

„Danke, mein Schatz!" Ihre Mutter stand auf und legte ihre Arme um Emma, dann streichelte sie ihr über ihren Kopf. „Das tut so gut!" Emma konnte die Freude in den Augen ihrer Mutter funkeln sehen.

Emmas Vater schaute etwas verwirrt von einem zum anderen, zog seine Schulter nach oben und murmelte etwas von wegen: „Man muss ja nicht alles verstehen." Dann hielt er Emma und ihrer Mutter die Hände hin, um für den Tag zu beten und für das Essen zu danken.

Emma liebte solche Samstagvormitttage – sie genoss die Zeit beim Frühstück mit den Eltern.

„Wenn ich meine nächste Reitstunde bekomme, dürft ihr zuschauen", verkündete sie. Die Blicke ihrer Eltern richteten sich erstaunt auf sie.

„Jetzt schon?", fragte ihr Papa. Auf dem Gesicht ihrer Mutter machte sich ein Lächeln breit.

„Wer hätte das für möglich gehalten!", freute sie sich und stupste Emma mit ihrem Finger auf die Nasenspitze.

★★★

„So, das war jetzt die letzte Karre." Nele rieb sich mit ihrem Arm über die Stirn, auf der sich einige Schweißperlen gesammelt hatten. „Ein Glück, dass es hier drin nicht so heiß ist wie draußen." Sie stemmte ihre Hände in die Seiten und atmete tief ein. „Jimmy muss mich einfach lieben. Allein schon deshalb, weil ich ständig seinen Mist entferne." Nele grinste verschmitzt und deutete mit einem Kopfnicken auf die leere Box. „Ich glaube, jetzt können wir mit dem Einstreu beginnen."

„Ach wirklich?!", schnaufte Emma und verzog ihr Gesicht. „So langsam hab ich die Reihenfolge des Stallausmistens schon verstanden. Wir aus der Stadt sind schließlich nicht total vor die Wand gerannt."

Nele kräuselte ihre Nase und zuckte mit den Schultern. „Das freut mich zu hören", sagte sie in einem arroganten Tonfall.

Emma konnte es nicht glauben. Was bildete sich Nele überhaupt ein! Sie tat gerade so, als wären alle Menschen, die in der Stadt wohnen würden, ein wenig unterbelichtet. Dabei kannte sie doch überhaupt niemanden außer Emma selbst! Emma musste an ihre Freundinnen denken, die alles andere als dumm waren. Nur weil sie sich schicker anzogen und ihnen andere Dinge wichtiger waren als Nele, waren sie doch nicht gleich Vollpfosten!

Emma wollte ihre Mistgabel gegen die Stallwand lehnen und beleidigt hinausstapfen, doch weil sie so wütend war, gab sie der Gabel zu viel Schwung. Sie prallte von der Wand ab und schlug direkt gegen Neles Stirn.

„Aua!", kreischte Nele und blickte Emma empört an. „Das mit dem Stallausmisten hast du vielleicht verstanden, aber dass man nicht auf jeden gleich eindrischt, wohl nicht!"

Nele rieb sich ihre Stirn und verzog dabei ihr Gesicht zu einer so seltsamen Grimasse, dass Emma nicht anders konnte, als zu grinsen. Wie schaffte es Nele nur immer wieder, dass Emma ihr gar nicht böse sein konnte?

Gemeinsam füllten sie Jimmys Box mit frischem Stroh.

„Na, seid ihr beide mal wieder fleißig?", fragte eine tiefe Stimme. Herr Ritter steckte seinen Kopf in Jimmys Box.

Die beiden Mädchen wandten sich ihm zu und nickten.

„Schön zu sehen, dass sich Pferdebesitzer so gewissenhaft um ihre Tiere kümmern", sagte der Stallmeister anerkennend. „Wenn ich meine vier Übeltäter im Moment nicht hätte, die ihre Strafarbeiten im Stall ableisten müssen, dann würde ich mit dem Säubern der Boxen gar nicht hinterherkommen. Schaut euch nur Windhauch an – sein Besitzer hat sich seit einer Woche nicht mehr blicken lassen. Der wird eine ganze Stange Geld für die Mehrarbeit hinblättern müssen."

Emmas Interesse war bei der Erwähnung von Windhauch sofort geweckt. „Wenn es Ihnen hilft, könnten Nele und ich Ihnen ein bisschen mit Windhauch helfen."

„Ich glaube nicht, dass das möglich ist", seufzte Herr Ritter, „Windhauch lässt nicht jeden an sich heran."

„Da brauchen Sie bei Emma keine Sorge haben." Nele stemmte mal wieder ihre Arme in die Seite und deutete auf Emma, die neben ihr stand. „Windhauch und sie sind Seelenverwandte."

Herr Ritter zog seine Augenbrauen fragend in die Höhe.

„Naja, Windhauch ist total verliebt in Emma und Emma ihrerseits in Windhauch. Irgendetwas läuft da zwischen den beiden." Nele zwinkerte Emma zu, die ihr breites, stolzes Lächeln in ihrem rot anlaufenden Gesicht nicht verstecken konnte.

Herr Ritter nickte und murmelte: „Wenn der Besitzer in den nächsten Tagen nicht auftaucht, dann komme ich vielleicht auf euer Angebot zurück." Er verließ Jimmys Box und verschwand in einer der anderen Pferdeboxen.

Durch Emmas Gedanken zogen, wie ein dunkler Nebel, Bruchstücke ihres Traumes aus der vergangenen Nacht. Nachdenklich und ein wenig traurig starrte sie den Stallgang entlang.

„Hey, Stadtmädchen, du musst nicht gleich enttäuscht umfallen, nur weil er noch ein paar Tage abwarten will." Nele klopfte Emma kameradschaftlich auf die Schulter. Emma versuchte, ihre dunklen Gedanken zu verjagen, aber irgendwie blieb ein seltsames Gefühl zurück.

Naturtalent

Das Wochenende verlief, abgesehen von den negativen Gefühlsausbrüchen eines bestimmten Gastes, in der neuen Pension am See eigentlich ganz gut. Emma und Nele verbrachten viel Zeit bei den Pferden im Stall, und da die Gäste ihrer Pension das herrliche Wetter ausnutzten, um lange Fahrradtouren zu unternehmen, blieb es bei Familie Hasenacker auch einigermaßen ruhig. Am Sonntag im Gottesdienst predigte der Pastor über einen Vers, der sich Emma tief einprägte: „Gott vertrauen heißt: sich verlassen auf das, was man hofft, und fest mit dem rechnen, was man nicht sehen kann."

Sie liebte diesen Vers, obwohl sie ihn noch nicht richtig begreifen konnte. In ihrer schönsten Schrift schrieb sie die Worte in ihr rotes Buch und skizzierte daneben ein weißes Pony mit einer Reiterin. Freude machte sich in ihrem Herzen breit und sie nahm sich fest vor, mit dem zu rechnen, was sie selber nicht sehen konnte.

Nach einer Weile schlug sie das Büchlein zu, rannte die Treppenstufen runter und rief: „Mama, Papa, es ist so weit!" Ein flüchtiger Blick auf die Wanduhr verriet ihr, dass sie keine Eile hatte, trotzdem sprang Emma in ihre Stiefel und verschwand durch die Haustür, die mit einem Krachen ins Schloss fiel.

Im Stall begrüßte sie Nele, die Jimmy bereits aus der Box geholt hatte und anfing, ihn zu satteln.

„Darf ich?", fragte Emma. Nele nickte. Emma legte die Zügel über Jimmys Hals, so wie sie es schon einmal unter Neles Anleitung getan hatte. Dann umarmte sie Jimmys Kopf mit der rechten Hand, in der sie die Trense festhielt, und schob Jimmy das Gebissstück ins Maul.

Nele stand erstaunt neben ihrer Freundin und dachte: *Kaum zu glauben, dass Emma sich noch vor einigen Wochen geweigert hat, Jimmy nur zu streicheln!*

Emma drehte sich fragend zu Nele, die mit dem Kopf lobend nickte. „Sieht perfekt aus, Stadtmädchen!"

Emma hob das Genickstück vorsichtig über Jimmys

Ohren. Danach zog sie den Schopf unter dem Stirnriemen hervor und schnallte den Kehlriemen zu.

„Ich bin beeindruckt!" Nele überprüfte mit schnellen Handgriffen, ob die Riemen auch nicht zu eng geschnallt waren, und zog dann mit einer tiefen Verbeugung ihren Försterhut vom Kopf.

„Die erste Aufgabe wäre hiermit bestanden, Fräulein aus der Stadt", verkündete sie anerkennend.

Nun machte sich Emma daran, den Sattel auf Jimmys Sattellage zu legen. Dabei achtete sie darauf, dass die Steigbügel hochgeschoben waren und der Sattelgurt über der Sitzfläche lag. Nele, die alles, was Emma machte, aufmerksam beäugte, als würde Emma eine Prüfung ablegen, nickte wieder zustimmend. Emma schnallte den Sattelgurt fest und strich das Fell unter dem Gurt glatt. Nele klatschte in die Hände und jubelte, als hätte Emma einen Preis gewonnen.

„Für ein Stadtmädchen allererste Sahne!", lobte sie und klopfte Emma kameradschaftlich auf den Rücken.

„Wir Stadtmädchen haben halt eine schnelle Auffassungsgabe!", konterte Emma und reckte stolz ihren Kopf in die Höhe.

„Na, dann mal los!" Nele deutete auf die Stalltür und nickte Emma auffordernd zu. „Du führst Jimmy in die Halle!" Nele ging voraus und schob die schwere Tür auf.

Emma folgte ihr mit Jimmy. Sie freute sich riesig

darauf, ihren Eltern zu zeigen, was sie in den letzten Stunden gelernt hatte.

Als sie über den Hof gingen, kam Herr Ritter winkend auf die drei zugelaufen. Nele und Emma schauten sich fragend an.

„Gut, dass ich euch treffe", schnaufte Herr Ritter, als hätte er einen halben Marathon hinter sich gebracht. „Steht euer Angebot noch, dass ihr mir bei Windhauch helfen wollt?" Er beugte sich vor und stützte sich mit den Händen auf die Knie, um nach Luft zu schnappen.

„Na klar!", antworteten die beiden Mädchen wie aus einem Mund.

„Das ist wunderbar", keuchte Herr Ritter. „Peter liegt mit einer Sommergrippe flach und kann mir gerade nicht helfen. Und das, obwohl im Moment so viel zu tun ist. Wir treffen uns dann nach eurer Reitstunde im Stall und ich zeige euch kurz, worum ihr euch kümmern müsst." Herr Ritter war immer noch völlig außer Atem und wedelte wieder mit seinen Armen, als wolle er einen Schwarm Fliegen verjagen, bevor er im Eilschritt im Stall verschwand.

Die beiden Mädchen grinsten sich an und gingen mit Jimmy zur Reithalle, in der Tim schon mit Emmas Eltern wartete.

„Hallo, da seid ihr ja!" Tim begrüßte die Mädchen und Jimmy und bat dann Emmas Eltern und Nele, auf dem Zuschauerrang Platz zu nehmen. Emma schwang sich in Jimmys Sattel und die Reitstunde begann. Tim verlangte viel von Emma und Jimmy und korrigierte immer wieder streng, was den beiden aber scheinbar nichts ausmachte. Emma liebte es, mit Jimmy neue Dinge zu lernen und zu erfahren, wie er auf die kleinsten Signale von ihr reagierte. Kurz bevor die Reitstunde zu Ende ging, winkte Tim Emma zu sich heran. Er lobte Jimmy und streichelte ihm über die Nase, dann schaute er Emma durchdringend an. Emma hielt die Luft an, als sie krampfhaft überlegte, was sie in den letzten Minuten falsch gemacht hatte.

Doch Tims durchdringender Blick verformte sich zu einem stolzen Lächeln. Emma purzelten sämtliche Steinchen vom Herzen. „Emma, du machst das wirklich sehr gut. Ich habe selten jemand gesehen, der so schnell lernt. Du hast wirklich eine Begabung dafür. Traust du dir zu, heute die erst einmal letzte Hürde zu nehmen und mit Jimmy im Galopp zu reiten?"

Emma musste an ihren Traum denken. „Gerne", freute sie sich und beugte sich zu Jimmy, den sie liebevoll über den Hals streichelte. „Wollen wir es versuchen, Jimmy?" Jimmy schnaubte leise. Als Emma sich wieder im Sattel aufgerichtet hatte, nickte sie Tim entschlossen zu: „Wir sind bereit!"

Sie blickte zu ihren Eltern, die sich fragend und ein wenig besorgt anschauten.

„Dann lass uns loslegen", sagte Tim. Er erklärte Emma, wie sie die Schenkel halten musste, was

Emma daraufhin gleich ausprobierte. Ein Blick zu ihren Eltern und Nele verriet ihr, dass Nele ihren Eltern gerade erklärte, was gleich folgen würde.

„Beim Galopp ist es wichtig, dass du dich entspannst und so Jimmys Bewegungen ganz locker folgen kannst. Fühl dich in Jimmys Bewegungen hinein." Emma zog die Stirn in Falten. *Sich in die Bewegung hineinfühlen, wie meint Tim das?* Ihre Gedanken wanderten wieder zu ihrem Traum. Dort hatte sie das Gefühl gehabt, völlig eins mit der Bewegung des Pferdes zu sein. Emma nickte und gab Jimmy das Zeichen, sich in Bewegung zu setzen – auf seinen Schritt folgte der Trab und dann der Galopp. Nachdem Emma zuerst das Gefühl hatte, ein Fremdkörper auf dem Pferd zu sein, versuchte sie, sich zu entspannen, und glitt mit Jimmys Bewegung mit. Es war ein unendlich schönes Gefühl, sich so mit Jimmy im Einklang zu bewegen. Auf der Zuschauertribüne standen Nele und ihre Eltern und klatschten vor Begeisterung.

„Du hast es geschafft!", rief Nele. „Jimmy, du bist der Beste!"

Emma konnte sich ein breites Lächeln nicht verkneifen. Was wäre ihr nur entgangen, wenn sie nicht hierher an das Ende der Welt gezogen wäre!

Nach ein paar Runden gab Tim ihr ein Zeichen anzuhalten und Emma blieb mit Jimmy direkt neben ihm stehen.

„Du bist ein Naturtalent!", sagte Tim begeistert. „In

unserer nächsten Stunde wagen wir uns zu dritt auf einen gemeinsamen Ausritt." Er half Emma beim Absteigen und klatschte sich fröhlich mit ihr ab.

Emmas Eltern und Nele waren mittlerweile von der Tribüne herabgekommen. Emmas Vater nahm sie liebevoll in den Arm. „Ich bin so stolz auf dich, mein Sonnenschein!", flüsterte er ihr ins Ohr. Auch Emmas Mutter strahlte sie stolz an. Noch etwas zaghaft streichelte sie Jimmys Nase. Emma musste grinsen, als sie das Zögern ihrer Mutter sah, und dachte nur wenige Wochen zurück, als sie sich selber nicht getraut hatte, Jimmy zu streicheln. Und jetzt – war sie mit ihm Galopp geritten! Unglaublich! Glücklich umarmte sie ihren neuen vierbeinigen Freund und ihre neue Freundin mit dem Försterhut gleich mit dazu.

***

„Ihr wart wirklich der Hammer!", sagte Nele stolz und blickte über den Rücken ihres Ponys zu Emma, die Jimmys Fell striegelte.

Emmas Augen leuchteten vor Freude auf. „Es hat wahnsinnig viel Spaß gemacht", freute sie sich und schmiegte sich an Jimmys Fell. „Jimmylein, du bist der Allerbeste!"

„Immer schön locker bleiben", protestierte Nele entrüstet. „Jimmy ist immer noch mein Pferd – nicht dass du das vergisst, Stadtmädchen!" Sie setzte ihren wütendsten Blick auf, musste sich aber direkt einem gackernden Lachen hingeben.

Emma stimmte in das Lachen ihrer Freundin ein. „Das werde ich nicht vergessen, Landei. Du und Jimmy, ihr seid so ein schönes Paar." Emmas Augen funkelten frech, woraufhin ihr Nele den Gummistriegel an den Kopf warf. „Na warte!", ärgerte sich Emma und zielte gerade mit dem Gummistriegel auf Neles Nase, als sie eine Stimme hörten. Emma ließ den Gummistriegel sinken und schaute mit Nele erwartungsvoll in die Richtung, aus der die Stimme gekommen war. Herr Ritter kam mit einem Pferd in den Stall und brachte es in seine Box. Plötzlich erinnerte sich Emma daran, dass er mit ihnen ja noch über Windhauch reden wollte. Gedankenverloren schaute sie zu der Box, in der er gerade verschwunden war. Durch ein Schnauben machte Jimmy sie darauf aufmerksam, dass sie ihr Werk noch nicht vollendet hatte, und Emma konzentrierte sich wieder ganz auf das Striegeln. Nach einer Weile nickte Nele ihr zustimmend zu.

„So, mein Kleiner. Jetzt lass es dir gut gehen", sagte Nele und kuschelte sich an Jimmy, der sie verliebt anschaute. Nele ließ noch einmal ihren Blick durch die Box schweifen, schnappte sich ihren Putzkasten und verriegelte das Tor hinter ihnen.

„So, jetzt kann die Nacht kommen", meinte sie zufrieden.

Genau in diesem Moment kam Herr Ritter mit einem weiteren Pferd in den Stall gelaufen. „Ach, ihr zwei, wir wollten ja noch über Windhauch reden", sagte er und nickte ihnen zu. „Habt ihr Lust, mir zu helfen, die Pferde von der Weide zu holen? Dann bin ich gleich für euch da."

Die Mädchen nickten und verschwanden nach draußen. Als Nele das Gatter öffnete, beschlich Emma wieder dieses unbehagliche Gefühl in der Magengegend. Sie blieb stehen und hielt die Luft an. Die Pferde erschienen ihr noch riesiger als sonst.

Nele drehte sich zu Emma um und nickte ihr aufmunternd zu. „Du schaffst das!" Dann lockte sie ein Pferd, befestigte den Führstrick und kam auf Emma zu. „Das ist Bella", erklärte sie. „Von ihr hast du nichts zu befürchten, sie ist friedlicher als ein neugeborenes Lämmchen."

Emma übernahm zögernd den Führstrick, merkte aber, dass mit jedem Schritt, den sie mit Bella an der Seite zum Stall ging, ihr unangenehmes Gefühl im Bauch mehr und mehr verschwand. Nele lief inzwischen mit einem anderen Pferd an ihrer Seite. Am Stall übergaben sie die Pferde Herrn Ritter, der sie in ihre Boxen brachte. Die beiden Mädchen holten nach und nach die anderen Pferde von der Weide. Nachdem alle Pferde in ihren eigenen Boxen standen, wandte Herr Ritter sich den Mädchen zu. Er winkte sie an die Box von Windhauch. Als Emma an die Box kam, trat Windhauch sofort in ihre Richtung und schmiegte sich an Emmas Arm, den sie über das Gatter geschoben hatte.

Herr Ritter zog die Augenbrauen hoch und nickte. „Wie ich sehe, scheint ihr gut zu harmonieren, das passt doch perfekt! Ich wäre euch dankbar, wenn ihr morgen früh Windhauch mit Jimmy auf die Weide bringen könntet. Dass Windhauch bewegt wird, darum werde ich mich später kümmern. Schön wäre es, wenn ihr Windhauchs Box für den Abend fertig machen könntet und ihn am Abend reinholt, striegelt, putzt, versorgt – ihr wisst schon. Könntet ihr euch das vorstellen?"

„Das ist kein Problem, Herr Ritter", erklärte Nele. Emma, die sich nichts Schöneres hätte vorstellen können, nickte begeistert.

„Okay, dann ist das abgemacht. Solange der Besitzer sich nicht meldet, machen wir es erst einmal so." Herr Ritter winkte zum Abschied und verschwand wieder in einer der Boxen. Emma verabschiedete sich von Windhauch und lief, so schnell sie konnte, mit Nele nach Hause. Das Abendessen hatten sie bestimmt bereits verpasst.

Seelinsenpflücken

Emma konnte es nicht fassen: Irgendwie hatten sie die Zeit mit den beiden ersten Pensionsgästen hinter sich gebracht, obwohl es Emmas Mutter sichtlich schwergefallen war, freundlich zu bleiben und auf die unangenehme Art von Frau Obermeyer nicht mit Zorn und Wut zu reagieren. Emma war stolz auf ihre Mutter. Sie hatte irgendwann schon mal etwas von „feurigen Kohlen auf dem Haupt des Gegenübers sammeln" gehört. Genau das musste damit gemeint sein: Wenn man so ungerecht behandelt wurde, aber dem anderen dann trotzdem mit echter Liebe begegnen konnte.

Emma stand an der Haustür und sah mit Erleichterung zu, wie sämtliche Gepäckstücke in den grauen Opel geladen wurden. „Puh!", seufzte sie. Sie freute sich sehr darauf, dass wieder Ruhe im Haus einkehrte und sie ihre Eltern ganz für sich allein haben würde. Nachdem der Kofferraum geschlossen war, schüttelte Emmas Mutter den Gästen zum Abschied die Hände und wünschte ihnen eine gute Heimfahrt. Das rief jedoch sofort mürrischen Protest der Frau hervor. Emma konnte sich ein Lachen nicht verkneifen. Was gab es doch für unzufriedene Menschen … Sie schob sich eine Haarsträhne aus dem Gesicht und winkte, als sich das graue Auto aus der Einfahrt bewegte und über den Schotterweg holperte.

Ihre Mutter drehte sich um und kam mit einem liebevollen Lächeln auf Emma zu. Auf den Stufen vor der Haustür legte sie ihre Arme um Emma und zog sie an sich. „Sturmfreie Bude, mein Schatz!", flüsterte sie in Emmas Ohr. „Jetzt muss ich nur noch die Betten abziehen und das Zimmer saubermachen, dann bin ich wieder nur für dich da." Sie tippte Emma mit ihrem Zeigefinger auf die Nase und strahlte sie an.

„Was hältst du davon, wenn ich die Betten abziehe und die Bettwäsche und Handtücher in die Waschmaschine verfrachte?", fragte Emma.

„Das wäre genial!", freute sich Emmas Mutter. „Ich hole noch schnell den Staubsauger und das Putzzeug, dann komme ich zu dir." Sie ging in Richtung Küche, während Emma die Stufen hinablief, die zu den Gästezimmern führten. Sie hörte, wie das Telefon klingelte, ihre Mutter abnahm und in das Zimmer ging.

Wahrscheinlich bin ich fertig, ehe es Mami schafft, hierherzukommen, dachte Emma, denn Telefonate dauerten bei ihrer Mutter immer etwas länger. Emma schnappte sich eine Bettdecke und zog den Bezug ab. Danach folgten die zweite und ein Kissen. Als Emma mit dem zweiten Kissen kämpfte, entdeckte sie einen Brief, der fein säuberlich daruntergelegt worden war. Auf dem Umschlag stand nichts geschrieben. Emma nahm ihn in die Hand und drehte ihn neugierig um. Dann öffnete sie den Umschlag und zog ein liniertes Papier, das fein säuberlich zusammengefaltet war, heraus. Sie setzte sich auf das Bett, legte den Umschlag zur Seite und faltete das Papier auseinander.

Liebe Familie Hasenacker!

Emma atmete erleichtert auf. Wenn der Brief an ihre ganze Familie gerichtet war, tat sie nichts Verbotenes, indem sie ihn las. Trotzdem horchte sie in den Flur. Alles war ruhig. Sie las weiter.

Ich möchte mich bei Ihnen sehr bedanken, dass Sie die manchmal unerträgliche Art meiner Frau so liebevoll ertragen haben. Eigentlich hatte ich schon fest damit gerechnet, dass ich wie jedes Mal nach ein bis zwei Tagen mit einer wütenden Frau zurück nach Hause fahren muss, doch das blieb mir dieses Mal erspart. Nach einer langen und schweren Erkrankung hat sich meine Frau leider angewöhnt, alles in einem negativen Licht zu sehen, was mir sehr zusetzt. Hier bei Ihnen hatte ich nach langer Zeit das Gefühl, dass es wieder besser werden könnte. Ich habe die Zeit bei Ihnen sehr genossen und konnte endlich mal wieder auftanken und neue Kraft schöpfen. Dafür bin ich Ihnen so dankbar!

Besonders Ihnen, liebe Frau Hasenacker, gilt mein herzlichster Dank. Ich weiß nicht, woher Sie die Geduld und Liebe genommen haben. Das hat mich tief beeindruckt!

In den letzten Jahren hat es meine Frau immer wieder geschafft, unsere Gastgeber so auf die Palme zu bringen, dass uns nichts anderes mehr übrig blieb, als abzureisen.

Ihnen, Herr Hasenacker, und Dir, Emma, möchte ich auch danken. Ich weiß, dass es mit uns manchmal unerträglich war, aber Sie haben uns immer wieder eine neue Chance gegeben.

Ihr Familienzusammenhalt ist etwas Besonderes. Manchmal hatte ich fast das Gefühl, als ob Sie ein unsichtbares Band aus Liebe verbindet.

Ich fühle mich geehrt, in Ihrem Haus gewohnt haben zu dürfen, und würde mich auf ein Wiedersehen freuen. (Auch wenn ich ahne, dass die Freude daran wahrscheinlich ziemlich einseitig sein würde.)

Vielen Dank für den reichen Segen (hört sich etwas seltsam an – ich weiß aber nicht, wie ich es anders nennen soll), den wir in Ihrer Familie erfahren durften!

Ihr zutiefst dankbarer
Hermann Obermeyer

Emma hielt den Brief in ihrer Hand und las die Zeilen noch einmal durch. *Wow*, dachte sie und legte ihn neben sich auf das Bett. *Wer hätte so etwas geahnt?* Eine tiefe Dankbarkeit machte sich wie warmer Tee in ihrem Bauch breit. Sie war froh, dass sie den beiden Gästen mit Liebe begegnet waren, obwohl die Frau es kein bisschen verdient hatte. Die tiefe Dankbarkeit von Herrn Obermeyer bewegte Emma zutiefst. Sie hatten es mit Gottes Hilfe geschafft, anders mit Frau Obermeyer umzugehen.

Emma wurde von einem leisen Klackern auf der Treppe aus ihren Gedanken gerissen. Ihre Mutter stand mit einem Staubsauger und einem Eimer mit Wischer in der Tür und schaute Emma fragend an. „Du bist aber heute auch nicht von der schnellsten Truppe, was? Ich dachte, die Waschmaschine würde fröhlich durch die Gegend schleudern und du wärst nach meinem ewigen Telefonat schon über alle Berge."

„Ich hab den hier gefunden", sagte Emma und hielt ihrer Mutter den Brief hin. Ihre Mutter schaute sie irritiert an und nahm Emma den Brief ab. „Er lag unter einem der Kissen", erklärte Emma und deutete auf die Stelle, wo sie den Brief gefunden hatte. Emmas Mutter folgte ihren Blicken und faltete das Papier auseinander. Während sie die Zeilen las, überzog ein strahlendes Lächeln ihr Gesicht. Emma konnte fast sehen, wie die Freude aus den Augen ihrer Mutter funkelte. Ihre Mutter ließ sich zu Emma auf das Bett plumpsen und legte einen Arm um sie.

„Weißt du was?!", sagte sie. „Ohne deine Ermutigung am Samstag beim Frühstück hätte ich wahrscheinlich aufgegeben. Aber dein Brief hat mir neuen Mut gemacht, die beiden weiter zu lieben und ihnen zu zeigen, wie sehr Gott sie liebt." Sie gab Emma einen Kuss auf die Stirn. „Danke!" Emmas Mutter strich liebevoll die Haare aus Emmas Gesicht. Dann faltete sie den Brief sorgsam zusammen und steckte ihn in den Umschlag. „Den klebe ich mir an meinen Spiegel. Damit ich bei jedem neuen Gast immer wieder daran denke, wie wichtig es ist, ihm mit Liebe zu begegnen."

„Solange du dir das nicht nur für deine Gäste, sondern besonders für deine außergewöhnliche Tochter vornimmst, spricht nichts dagegen. Außer vielleicht, dass du durch den Brief dein verschlafenes Gesicht am Morgen nicht mehr begutachten kannst", lachte

Emma. „Aber das ist vielleicht auch nicht unbedingt das Schlimmste!"

„Na warte! Du kannst was erleben!", protestierte ihre Mutter und schnappte sich eines der Kissen, das postwendend in Emmas Gesicht landete. Auf das eine Kissen folgte das nächste – und bald befanden sich beide in einer wilden, ausgelassenen Kissenschlacht.

★★★

„Das haut einen ja aus den Socken!", staunte Nele, die sich in die Schubkarre gelegt hatte, mit der Emma eben erst den Mist aus Windhauchs Box gekarrt hatte.

Emma schaute ihre Freundin angewidert an und rümpfte die Nase. „Du weißt schon, dass da gerade noch der Mist drin war?"

„Du weißt doch, dass mich das nicht abschrecken kann." Nele zwinkerte Emma zu und bewegte ihren Rücken hin und her, als wollte sie sich in die Schubkarre kuscheln.

„Dir ist nicht mehr zu helfen!" Emma schüttelte den Kopf, verzog ihren Mund und verteilte weiter die Einstreu in der Box.

„Ich hab mich schon die ganze Zeit gefragt, warum ihr den Leuten nicht einfach mal die Wahrheit um die Ohren geschlagen habt. Hätte euer Problem wahrscheinlich ziemlich schnell gelöst. Aber dieser Brief zeigt ja, dass ihr mit eurer verschwendeten Nettigkeit gar nicht so falsch gelegen habt." Nele verschränkte die Arme und starrte durch den Stall. „Aber eine Frage stelle ich mir schon bei der ganzen Sache. Jetzt, wo ich euch ganz gut kenne und weiß, dass ihr den anderen nicht nur vorspielt, dass ihr sie mögt, sondern dass ihr das auch wirklich so meint. Wo nehmt ihr die Power dazu her?" Sie schaute ihre Freundin fragend an und Emma deutete grinsend nach oben.

„Verstehe ..." Nele richtete sich in der Schubkarre auf und kratzte sich am Kinn. „Die seltsamen Gebete vor dem Essen." Sie kniff die Augen zusammen und nickte. „Darüber muss ich noch mal nachdenken."

Dann krabbelte sie aus der Schubkarre und stampfte mit dem rechten Fuß auf, sodass etwas Dreck von ihrem grünen Gummistiefel abfiel. „Bevor wir die beiden Pferde später in ihre Boxen bringen, müssen wir uns unbedingt noch mal um Jimmy kümmern. Was hältst du von einem kleinen Ausritt zur Lichtung? Oder sollen wir zu dem kleinen Waldsee reiten? Den kennst du ja noch gar nicht."

Die beiden Mädchen rannten raus. Dort holten sie Jimmy von der Weide und ritten über einen Weg, den Emma noch nie zuvor entlanggegangen war, in den Wald. Der Waldweg führte an einem kleinen Bach entlang, der sich idyllisch plätschernd zwischen den hohen Bäumen entlangschlängelte. Während Emma sich an ihre Freundin klammerte, die ihr Pferd über den Weg lenkte, schaute sie nach oben in die rauschenden Baumkronen. Der seichte Wind wehte die Blätter raschelnd hin und her und dazwischen tauchten immer wieder Fetzen des tiefblauen Himmels auf.

Wunderschön, dachte Emma und beobachtete das Windspiel über ihr genau.

„Dort hinten mündet das Bächlein in einen kleinen Waldsee." Nele zeigte nach vorne.

Emma schaute gespannt in die Richtung. Der Weg machte einen Schlenker nach rechts und führte einen seichten Hang hinunter. Als sie um die nächste Biegung ritten, lag vor ihnen ein kleiner glitzernder See. Hinter ihm stand wie ein großer Wächter eine steile Felswand. Emma war beeindruckt. Ihre Fantasie malte ein Bild von zierlichen Waldfeen, schrumpeligen Trollen und Wichteln mit langen Bärten in ihrem Kopf. *Was für ein verwunschener Ort*, dachte sie und blickte sich weiter um.

„Dort drüben gibt es sogar eine richtige Höhle, in der Fledermäuse leben." Nele deutete auf die andere Seite des Sees. Über Emmas Haut kroch eine Gänsehaut. Fledermäuse waren nicht gerade ihre Lieblingstiere. Sie verband sie mit gruseligen Geschichten und Filmen.

Nele gab Jimmy das Zeichen anzuhalten und half Emma abzusteigen, danach schwang sie sich selbst vom Rücken ihres Pferdes und trat an das Seeufer, das von hohem Schilf bewachsen war. Emma und Jimmy folgten ihr. Emma bewunderte immer noch den märchenhaften Anblick.

„Was für eine Kulisse“, staunte sie.

„Der ideale Ort, um eine Szene der *Fünf Freunde* hier zu drehen, was?“, meinte Nele und ließ sich auf einem Felsen direkt am Seeufer nieder. „Zum Glück kennen nicht viele diesen Ort, sonst würde es hier bestimmt anders aussehen. Cafés für die Filmteams und Ausrüstungsshops für Abenteurer.“

„Jetzt übertreib mal nicht!“ Emma ließ sich neben Nele nieder und stubste sie in die Seite. „Deine Fantasie geht mit dir durch!“

„Das ist doch an so einem Ort kein Wunder, oder nicht?“

Emma nickte und blickte über den kleinen See, auf dem Tausende von Insekten tanzten.

„Ich hätte meine Angel mitnehmen sollen“, ärgerte sich Nele und legte ihren Försterhut neben sich auf den Felsen. Dann zog sie ihre Gummistiefel aus und rückte so nah an das Wasser heran, dass sie ihre Füße ins Wasser baumeln lassen konnte. Emma zog ihre Sandalen aus und ließ ihre Füße neben ihrer Freundin ins Wasser eintauchen.

„Als ich das letzte Mal hier war“, erzählte Nele, „ist direkt vor meinen Augen eine Schlange ans Land gekommen.“

„Iiieeh!“, schrie Emma und riss ihre Füße aus dem Wasser. Nele lachte so laut, dass es von der Felswand zurückschallte. Emma sprang von dem Felsen auf und starrte ängstlich auf das Wasser.

„War nur ein Scherz, Stadtmädchen", lachte Nele, „obwohl es durchaus möglich wäre."

Emma kniff Nele in die Schulter und ließ sich wieder neben ihr auf den Felsen nieder. „Ich nehme dich mal mit in die Stadt!", sagte Emma in einem drohenden Ton und stupste Nele erneut in die Seite.

„Schau mal, dort!", flüsterte Nele und zeigte auf eine Blesshuhnfamilie, die sich ihren Weg durch das Schilf bahnte.

„Oh, wie süß!", quiekte Emma und beugte sich ein Stück weiter vor. Gerade als sie ihren Fuß ein Stück weiter vor auf den Felsen stellen wollte, um besseren Halt zu haben, glitt sie auf dem schlüpfrigen Teil des Felsens aus und verlor ihr Gleichgewicht. Mit einem lauten Schrei platschte sie ins Wasser und paddelte wie wild herum.

„Igitt", schrie sie und versuchte den Grund, der sich ziemlich glibberig anfühlte, nicht mit den Füßen zu berühren.

„Jetzt hast du die Familie verjagt", meinte Nele. Wieder bog sie sich vor Lachen.

„Vielleicht kannst du mir mal hier raushelfen", kreischte Emma, die es wahnsinnig unangenehm fand, in einem See zu schwimmen, in dem möglicherweise Schlangen lebten und dessen Grund sich anfühlte, als würde man in Grießbrei treten. Nele hielt ihrer Freundin eine Hand hin und zog Emma mit aller Kraft heraus. Die stand wie ein begossener Pudel auf dem sonnigen Felsen und versuchte, sich die Seelinsen aus den Haaren zu schütteln.

„Sieht doch originell aus", lachte Nele mit einem Blick auf Emmas Haare. Sie lachte so sehr, dass sie kaum noch Luft bekam. Jimmy, der dicht hinter den beiden Mädchen stand, schnaubte und schüttelte seine Mähne. Emma kam sich ziemlich lächerlich vor, konnte sich aber ein Grinsen auch nicht verkneifen. Als sie an sich herunterschaute und die Situation vollständig erfasste, konnte sie nicht mehr. Sie musste einfach in das Gelächter ihrer Freundin mit einstimmen.

Einige Zeit später befanden sich die drei wieder auf dem Rückweg durch den Wald. „Vielleicht kannst du dich nicht so eng an mich rankuscheln", meckerte Nele und zog ihre Schultern nach vorne.

„Ist doch nur Wasser", sagte Emma und rückte noch näher an ihre Freundin heran.

„Wasser, Stinkealgen, Schlick und Entengrütze", zählte Nele auf.

„Seit wann macht dir so etwas was aus? Jemand, der sich in eine Mistkarre setzt und seinen Finger in Pferdeäpfel steckt, dürfte doch mit so etwas kein Problem haben." Emma schob Nele den Hut ins Gesicht und lachte.

Nele rückte den Hut wieder zurecht und stimmte in ihr Lachen ein. „Seitdem du da bist, Stadtmädchen, ist mein Leben um einiges interessanter geworden!"

Ein Ausritt mit Folgen

Als die beiden Mädchen am nächsten Tag nach der Schule den Berg hinunterliefen, schlug Emma dramatisch ihre Hände an ihre Brust.

„Ich glaub, ich hab mich Hals über Kopf verliebt", flötete sie und blinzelte verträumt. „Er ist so einfühlsam ... Manchmal habe ich das Gefühl, er weiß genau, wie es mir gerade geht."

Nele zog ihre Augenbrauen hoch und schaute Emma kritisch an.

„Und wie er auf mich eingeht", schwärmte Emma weiter, „und dann sieht er auch noch so furchtbar gut aus!"

Nele bremste ab und zupfte Emma am T-Shirt, dann legte sie ihre Hand auf Emmas Stirn, die auch stehen geblieben war.

„Muss ich mir Sorgen machen?", fragte sie und blickte Emma tief in ihre verträumten Augen. „Dass du auch ein verdrehtes Stadtmädchen bist, hätte ich ja bald vergessen. Aber so verdreht?" Sie verzog ihr Gesicht und schüttelte ihren Kopf. „Ich stimme dir ja zu, dass er ganz nett aussieht. Vielleicht ist er auch ganz okay, wenn man bedenkt, zu welcher Spezies er gehört. Aber dass du hier in den höchsten Tönen von ihm schwärmst, noch dazu bei dem Altersunterschied, kann ich nicht verstehen." Nele sah ihre Freundin verständnislos an. „Das hätte ich, ehrlich gesagt, nicht von dir gedacht."

„Macht denn der Altersunterschied in so einer Beziehung etwas aus?" Emma schaute Nele mit großen, funkelnden Augen an.

„Pah", schnaufte Nele angeekelt und deutete mit ihrem Zeigefinger auf ihren offenen Mund, als müsse sie würgen. „Was würden denn deine Eltern dazu sagen? Meinst du, ihnen wäre das recht?" Nele schüttelte ihren Kopf so sehr, dass der Försterhut vor ihr auf dem Boden landete und ihre blonden Locken wild um ihren Kopf tanzten.

„Meine Eltern freuen sich eigentlich mit mir", erwiderte Emma und konnte ein verschmitztes Grinsen nicht mehr unterdrücken.

„Haben sie ihn denn überhaupt schon kennengelernt? Ich meine – nur weil er dir die Aufgaben in Mathe noch mal leidenschaftlich erklärt hat, ist er doch noch kein guter Mensch." Nele stampfte mit dem Fuß auf. „Vielleicht ist das bei euch in der Stadt ja ganz normal, aber hier bei uns geht so etwas gar nicht!" Sie blitzte Emma grimmig an, die hinter vorgehaltener Hand losprusten musste. Nele wuschelte sich irritiert durch ihre blonden Locken.

„Ich hab' doch nicht Herrn Grübelstein gemeint! Du liebe Zeit!" Emma starrte ihre Freundin, die sie immer noch fragend anschaute, an. „Ich hab von Windhauch geredet, du Landei! So etwas überhaupt zu denken, sollte bestraft werden. Wie hoch ist eigentlich deine Meinung von den Menschen, die in der Stadt leben? Ich glaube, du musst mal mit deinen Vorurteilen aufräumen!" Emma konnte förmlich beobachten, wie es im Kopf ihrer Freundin ratterte und ihre Gedanken sie langsam auf die richtige Fährte brachten.

Nele schüttelte wieder den Kopf, verzog dann ihr Gesicht zu einem breiten Lächeln und fing an zu lachen. „Und ich dachte schon, du redest von unserem Mathelehrer." Sie hakte sich bei Emma ein, während sie den Berg runterliefen. „Also, das mit Windhauch geht in Ordnung. Da ist der Altersunterschied wirklich nicht so schlimm ..." Wieder musste Nele lachen und rieb sich die Augen.

Als sie vor Emmas Haus standen, hielt Nele sich

den Bauch vor Schmerzen und japste nach Luft. „So viel gelacht hab ich schon lange nicht mehr. Aber du und Herr Grübelstein ..." Nele brach mitten im Satz ab und wurde schon wieder von einer Lachattacke gequält. „Ich gehe jetzt lieber nach Hause. Wir sehen uns später bei den Pferden", röchelte sie und ging den Schotterweg runter.

***

Als Emma einige Zeit später an ihrem Schreibtisch über ihren Mathehausaufgaben brütete, musste sie schmunzeln. *Neles Gesicht hätte man fotografieren müssen,* dachte sie. Sie schaute an die große selbst gebastelte Pinnwand, die neben dem Schreibtisch hing, und stand auf. Fotos von ihren Eltern und ihren Freundinnen aus der Stadt hingen dort. *Oh, Mann!,* schoss es Emma durch den Kopf, *wie lange hab ich mich eigentlich schon nicht mehr bei meinen Freunden gemeldet? Irgendwie war in den letzten Wochen so viel los, dass ich noch nicht mal dazu gekommen bin, sie zu vermissen.* Emma schüttelte ihren Kopf und nahm sich fest vor, sich so schnell wie möglich bei ihren Freundinnen zu melden. Die Fotos von Nele und Jimmy, über die jetzt Emmas Blicke wanderten, bildeten einen kompletten Kontrast zu denen von ihren Freundinnen in der Stadt. Eigentlich zog Nele auf jedem Bild eine andere Grimasse. Emma konnte sich ein breites Grinsen nicht verkneifen. Nele war das krasseste Gegenteil zu ihren Freundinnen in der Stadt. Sie legte überhaupt keinen Wert auf den perfekten Look, sondern verbrachte die meiste Zeit ihres Tages im Stall oder an der frischen Luft. Nele ekelte sich nicht vor Spinnen und anderen widerlichen Insekten; sie wusste wahrscheinlich auch nicht, wie man Nagellack auftrug oder ein Ticket für die Straßenbahn löste. Und doch war Nele trotz all der Unterschiede zwischen ihnen für Emma eine so tolle Freundin geworden.

Wieder musste Emma grinsen. „Ich brauche unbedingt noch ein Foto von Windhauch", flüsterte sie leise. Sie strich über ein Foto von Jimmy und lächelte. Wie sehr war ihr dieses wunderschöne Pony schon ans Herz gewachsen! Und heute war endlich der große Tag gekommen: Tim wollte mit den beiden Mädchen ins Gelände. Emmas Herz klopfte wie wild bei dem Gedanken daran und sie freute sich riesig. Ein Blick auf die Uhr verriet, dass sie noch ein bisschen Geduld haben musste. Emma schnappte sich ihre Bibel, weil die Matheaufgaben sie überhaupt kein bisschen an den Schreibtisch lockten, und fläzte sich auf ihr Bett. Sie las das Gleichnis von einem Weinbergbesitzer, das Jesus erzählt hatte, und einer der letzten Verse sprang ihr ins Auge. *„Was keiner für möglich gehalten hat, das tut der Herr vor unseren Augen."* Emma unterstrich den Vers mit einem roten Buntstift. Tief in ihrem Herzen wusste sie, dass diese Worte stimmten und dass sie diesen

Gott, dem nichts unmöglich war, immer mehr lieben wollte. Wieder schaute Emma auf die Uhr. *Jetzt aber schnell*, dachte sie und setzte sich vor ihre Matheaufgaben, die sie nach einigen Überlegungen lösen konnte. Sie stopfte ihr Schulzeug in ihre Schultasche, sprang in ihre Reitklamotten und hüpfte pfeifend die Treppe runter. Im Flur schlüpfte sie in ihre Reitstiefel und wollte gerade zur Tür rausstürmen, als sie die Stimme ihrer Mutter hörte.

„Mal nicht so stürmisch!", sagte sie lachend. „Erst brauche ich noch eine liebevolle Umarmung von dir, bevor du dich in dein Reitvergnügen schmeißt. Sei schön vorsichtig, mein Schatz!" Ihre Mutter strich Emma über den Kopf. „Und hab jede Menge Spaß!" Sie gab Emma einen Kuss auf die Stirn und winkte ihr nach.

Emma rannte, als wäre ein Schwarm Wespen hinter ihr her, zu den Ställen. Dort wurde sie schon von Nele erwartet, die stolz auf das bereits gesattelte Pony deutete. „Ich dachte, ich fange schon mal an, unseren kleinen Ausflug vorzubereiten. Die paar Matheaufgaben waren ja ein Witz und meine Familie ist sowieso ausgeflogen. Jetzt muss ich nur noch das Pony meiner Schwester satteln." Nele zuckte ihre Schultern und verzog dabei ihr Gesicht, als würde sie für eine neue Clown-Nummer üben.

Emma war beindruckt, mit welcher Leichtigkeit Nele Matheaufgaben bewältigte. Ihr schienen mathematische Dinge nur so zuzufliegen. Was Emma sich schwer erarbeiten musste, schüttelte Nele mal eben aus dem Ärmel.

„Wow, ihr seid ja schon fast bereit zum Ausritt", ertönte Tims Stimme hinter ihr. Emma drehte sich lächelnd um und nickte.

„Dann kann es ja losgehen!" Tim nickte den Mädchen zu. „Herr Ritter hat mir für unseren kleinen Ausritt Windhauch anvertraut. Windhauch braucht wohl ein bisschen Bewegung. Und weil mein Pferd auch unbedingt bewegt werden muss, dachte ich mir, frage ich mal eine junge Dame mit Försterhut, ob sie nicht diesen Part übernehmen kann." Tim deutete auf Castella, die gesattelt mit Windhauch hinter ihm stand. „Was hältst du von dieser Idee?"

Tim zwinkerte Nele zu, die sich ein breites, stolzes Grinsen nicht verkneifen konnte. Sie übernahm den Führstrick von Castella und begrüßte das Pferd mit leuchtenden Augen. Nach einigen Augenblicken drehte sie sich zu Emma um und nickte ihr aufmunternd zu. „Na, dann mal los!" Nele deutete auf das Tor, aus dem Tim gerade mit Windhauch auf den Hof trat. „Bevor es losgeht, Emma, noch eine Sache: Genieße den Ausritt von ganzem Herzen, aber bleib dabei aufmerksam und die ganze Zeit hellwach."

„Wird gemacht!", versprach Emma und schwang sich in Jimmys Sattel.

„Nele, du reitest voran", forderte Tim Nele auf, die

bereits auf Castellas Rücken saß. „Wir nehmen den gekennzeichneten Reitweg durch den Wald", erklärte er und stieg jetzt selber auf Windhauchs Rücken.

Im ruhigen Schritt ritten sie auf den Wald zu. Zwischen Nele auf Castella, die vor ihr schritt, und Windhauch mit Tim, die die Nachhut ihrer kleinen Gruppe bildeten, kam sich Emma wie ein Zwerg auf Jimmy vor.

Auf dem Waldweg forderte Tim Nele auf, das Tempo etwas anzuziehen. Emma ritt im leichten Trab hinterher. Es war unglaublich schön, mit Jimmy hier in der Natur zu sein. Es fühlte sich tausendmal freier an als in der Halle. Emma konzentrierte sich auf den Weg vor ihr. Nach einer Weile wurde der Weg breiter und Tim lenkte Windhauch direkt neben Jimmy.

„Und? Genießt du es, Emma?", fragte Tim.

Emma grinste über beide Wangen. „Ja, es ist wunderschön!" Strahlend streichelte sie Jimmys Hals.

Ein Vogel krächzte über ihnen und flog davon. Emma konzentrierte sich wieder auf den Weg. Castella trabte anmutig vor ihnen her und Emma bewunderte, mit welcher Leichtigkeit Nele das riesige Tier lenkte. Als sie an einer Schutzhütte vorbeikamen, gab Tim Nele ein Zeichen anzuhalten. Sie stiegen von den Pferden und führten sie an einen kleinen Bachlauf, der über mehrere Stufen von einem Felsen plätscherte. Über dem Felsen führte eine Holzbrücke von einer zur anderen Seite des Baches. Emma war beeindruckt.

Während die Pferde aus dem Bachlauf tranken, ließ sie ihren Blick über das wunderschöne Fleckchen Erde schweifen.

„Da!" Sie zeigte auf einen Ast, der von einer großen Eiche über dem Bach hing. Tim und Nele schauten auf. Selbst die Pferde blickten kurz nach oben, bevor sie weitertranken.

„Das ist ein Eisvogel", flüsterte Nele, „ziemlich scheue Geschöpfe. Aber hier an den kleineren Bächen findet man sie tatsächlich hin und wieder."

„Ich hab noch nie einen so schönen Vogel gesehen", staunte Emma. „Das Gefieder schimmert ja richtig türkis."

Jimmy wieherte. Hastig flatterte der Eisvogel von dem Ast, auf dem er gerade noch ganz ruhig gesessen hatte, und glitt über das Wasser des Baches davon.

„Du alter Spielverderber!", schimpfte Nele und schaute Jimmy böse an. „Du musst es auch mal ertragen, wenn du gerade nicht im Mittelpunkt stehst." Sie streichelte Jimmy über die Nase. „Das konnte Jimmy noch nie leiden", erklärte sie, „wenn er außer Acht gelassen wird und die Menschen um ihn herum nur noch Augen für ein anderes Tier haben. Dass er mich überhaupt auf Castella reiten lässt, ist ein Wunder. Das ist bestimmt nur möglich, weil er dich so gerne hat!" Nele grinste Emma an und Jimmy schnaufte zustimmend.

„Du bist so ein guter Freund geworden", flüsterte

Emma Jimmy zu und kuschelte sich an ihn, woraufhin Windhauch beleidigt wieherte. Tim und die beiden Mädchen mussten lachen. Wer hätte gedacht, dass ihre vierbeinigen Begleiter so eifersüchtig waren!

„Auch wenn das hier ein herrlicher Platz ist, an dem man stundenlang bleiben kann, müssen wir jetzt zurück." Tim deutete auf seine Uhr und richtete Windhauchs Sattel. Schnell strich Emma Windhauch noch liebevoll über die Nase, bevor sie sich auf Jimmy schwang.

Kurz bevor der Weg aus dem Wald führte, schimpfte Nele, die wieder vor Emma hertrabte, plötzlich laut: „Das hat uns gerade noch gefehlt!"

Emma schaute zu Nele, konnte aber nicht sehen, warum sie sich ärgerte. Plötzlich schoss Nele mit Castella los und fuchtelte wie wild mit einer Hand.

„Da!" Jetzt wusste Emma, was Nele dazu getrieben hatte, auf und davon zu galoppieren. Ein riesiger Bremsenschwarm kam direkt auf sie zu.

„Setz dich sicher in den Sattel!", brüllte Tim ihr zu. „Und treib Jimmy in den Galopp!"

Emma zitterten die Finger, aber sie versuchte ruhig zu bleiben.

„Du galoppierst bis zu den Weiden! Bleib aber aufmerksam!"

Emma atmete tief ein und gab Jimmy das Kommando, loszulaufen. Kurz darauf befanden sie sich mitten in dem Schwarm der Pferdefliegen. Emma neigte ihren Kopf nach unten, hielt die Zügel aber fest in ihren Händen. Jimmy galoppierte jetzt, so schnell er konnte, den Weg zu den Stallungen hinunter. Emma spürte, wie es trotz der Geschwindigkeit einige von diesen ekelhaften Blutsaugern schafften, ihre Bisse zu platzieren. Angefeuert von Tim preschte Emma auf die Weiden vor den Stallungen zu. Nele, die in einiger Entfernung mit Castella an den Zügeln dastand, starrte ihrer Freundin schockiert mit weit aufgerissenen Augen entgegen. Emma ignorierte das Blubbern in ihrem Bauch und konzentrierte sich auf alles, was um sie herum geschah und was sie von Tim in den letzten Reitstunden beigebracht bekommen hatte.

Kurz neben Nele brachte sie Jimmy zum Stehen, der unruhig auf der Stelle tänzelte. „Alles gut, mein Kleiner", beruhigte ihn Emma, „wir haben diese Mistviecher abgehängt." Sanft strich sie Jimmy über den Hals und merkte, wie er sich immer mehr entspannte.

Tim brachte Windhauch neben Jimmy zum Stehen und musterte Emma besorgt. „Das hatte ich für deinen ersten Ausritt eigentlich gar nicht geplant", meinte er betreten. „Aber deswegen ist ein Ausritt auch etwas grundlegend anderes, als in einer Halle zu reiten."

Emma stieg mit zitternden Knien von Jimmy ab und kuschelte sich an ihn. „Danke", sagte sie zu Jimmy und strich ihm über sein Fell.

„Jetzt erst mal ab in den Stall. Dann machen wir eine kurze Bestandsaufnahme, wie es allen geht."

Tim wies in Richtung Stall und ging mit Windhauch voran, die Mädchen folgten ihm mit ihren Pferden.

„Wow – echt klasse, wie du dich im Sattel gehalten hast", staunte Nele, „und das bei deinem ersten richtigen Ausritt! Ich bin total beeindruckt, Emma! Ich weiß nicht, wie es mir in so einer Situation bei meinem ersten Ausritt gegangen wäre. Naja, da war ich ja auch erst fünf Jahre alt, vielleicht kann man das noch nicht richtig zählen."

„Ich bin einfach nur froh, dass wir das überstanden haben und dass Jimmy sich so cool verhalten hat." Emma klopfte Jimmy erleichtert auf den Hals.

Im Stall sattelten Nele und Emma die drei Pferde ab, während Tim die Tiere von oben bis unten untersuchte.

„Ich glaube, du solltest dich lieber um Emma kümmern", sagte Nele und zeigte grinsend auf Emmas Gesicht. Tim blickte von Jimmy auf und verzog erschrocken das Gesicht, als er Emma ansah. Die blickte verdattert von Nele zu Tim.

„Ich glaube, dir geht es ähnlich wie Windhauch. Bremsen lösen bei dir offenbar eine allergische Reaktion aus." Nele deutete auf Emmas linkes Auge.

Emma griff sich ans Auge. Warum hatte sie bisher noch gar nichts von der Schwellung mitbekommen? Jetzt, wo sie mit ihren Fingern über die Stelle strich, merkte sie, wie sehr die Stelle schmerzte. „Geht schon wieder weg." Emma zog die Schultern nach oben und verzog den Mund. In diesem Augenblick fiel ihr Blick auf ihre rechte Hand, die es scheinbar auch erwischt hatte. Ihr Zeigefinger war ballonartig angeschwollen und ließ sich nur noch schwer bewegen. „Ups", sagte sie erschrocken und blickte fragend zu Tim.

„Ich glaube, du gehst jetzt mal lieber nach Hause und lässt dich von deiner Mutter versorgen. Meine Empfehlung wäre ein Retterspitz-Wickel. Ich kümmere mich inzwischen intensiv um Windhauch, der scheint ähnlich auf die Bisse zu reagieren wie du."

Emma trat an Windhauch heran und entdeckte gleich einige dicke Beulen. Tim kramte eine Paste aus seiner Tasche und verstrich sie auf den Beulen. „Wird alles wieder gut, mein Großer!", tröstete Emma Windhauch und streichelte sanft sein samtenes Fell.

„Ähm, Emma?", meldete sich Nele. „Du solltest jetzt besser gehen. Sonst findest du nachher den Weg nicht mehr." Sie deutete auf Emmas Auge und verzog besorgt ihr Gesicht.

„Wahrscheinlich hast du recht." Emma verabschiedete sich von Nele und machte sich schnell auf den Weg nach Hause.

Der verhängnisvolle Unfall

„Du gehst mir heute nicht zur Schule!", schimpfte ihre Mutter, als Emma am nächsten Morgen mit ihrer Schultasche die Treppe herunterkam.

„Och, Mama!", jammerte Emma. „Nele klingelt bestimmt gleich."

„Hast du dich heute schon mal im Spiegel angeschaut?", fragte Mama und deutete auf Emmas Gesicht.

„Das sieht doch wieder ganz gut aus", meinte sie und versuchte ihrer Mutter zuzuzwinkern, was mit ihrem geschwollenen Auge aber so gut wie unmöglich war.

„Und was ist mit deiner Hand?", fragte ihre Mutter schon fast belustigt.

Emma verdrehte mühsam die Augen. „Na gut", seufzte sie und ging in die Küche, in der ihr Vater bereits mit einer Zeitung am Essenstisch saß.

Er legte die Zeitung zur Seite. „Wie geht es uns heute, Matschauge?", fragte er und konnte sich ein breites, schelmisches Grinsen nicht verkneifen.

„Mensch, Papa! Wenn du demnächst mal etwas Ähnliches hast, nehme ich auch kein Blatt mehr vor den Mund." Emma trat ärgerlich gegen das Tischbein und ließ sich auf den Stuhl plumpsen.

„Wir gehen heute Morgen gleich zum Arzt", bestimmte ihre Mutter, als sie sich zu den beiden an den Tisch gesellte. Emma grummelte etwas Unverständliches. Sie war immer noch beleidigt.

„Du wirst doch nicht gleich eingeschnappt sein?" Emmas Vater stand auf und nahm sie in den Arm. „Du sollst wissen, dass ich dich liebe und dich immer noch wunderschön finde, selbst wenn du wie eine überfahrende Tomate aussiehst."

Emma boxte ihren Vater in den Bauch, musste aber trotzdem grinsen.

„Das hab' ich wohl verdient", sagte er und zwinkerte Emma zu. „Wenn ihr mich fragt – ich finde, das Auge sieht schon viel besser aus als gestern. Dass das Augenlid die Hälfte deines Gesichtes einnimmt, ist doch nichts Besonderes, oder?"

Wieder erwischte ihn ein Schlag von Emma. „Mensch, Papa!", schimpfte sie, musste aber selber lachen, als sie in seine liebevollen Augen blickte.

✷✷✷

„Emma, los geht's!", rief ihre Mutter. Nachdem am Frühstückstisch noch herrlich herumgeblödelt worden war, bis Emmas Vater zur Arbeit aufbrechen musste, hatte sich ihre Mutter gleich ans Telefon gehängt und einen Termin für Emma beim Arzt ausgemacht. Emma stieg ins Auto und schaute ihre Mutter mit ihrem treuesten Hundeblick an.

„Was möchtest du?", fragte sie und hielt ihren Kopf schief.

„Können wir noch am Stall anhalten?", bettelte Emma. „Ich muss doch nachschauen, wie es Windhauch geht."

Ihre Mutter seufzte und startete den Motor. „Na gut", brummte sie, „wir haben ja noch ein paar Minuten Luft." Sie steuerte das Auto den Schotterweg zu den Stallungen entlang und hielt vor Herrn Ritters Haus.

„Na, dann mach aber schnell!", mahnte sie, als sie den Motor ausstellte. „Wir müssen spätestens in fünf Minuten los."

Emma rannte, so schnell sie konnte, in den Stall und beugte sich über Windhauchs Box, um sich ihren

Liebling anzuschauen. Windhauch kam sofort zu ihr gelaufen und begrüßte sie mit einem leisen Schnauben.

„Wie geht es dir, mein Großer?" Emma strich über Stirn und Nase ihres Lieblingspferdes. Sie begutachtete die Stellen, die Tim gestern mit dieser komischen Paste eingestrichen hatte, und sah, dass die Schwellungen schon fast komplett verschwunden waren.

„Das sieht ja schon richtig gut aus", lobte sie Windhauch und klopfte ihm auf seinen Hals. „Vielleicht hätte ich die Paste auch auf meine Bisse schmieren müssen."

Windhauch schnaubte und nickte mit seinem schönen Pferdekopf, als wollte er ihr zustimmen. Emma musste lachen. Gerade als sie sich von Windhauch verabschieden wollte, hörte sie laute Stimmen auf dem Hof, die näher kamen.

Emma zuckte erschrocken zusammen und starrte auf die Tür. Auch Windhauchs Aufmerksamkeit richtete sich auf den Lärm. Er stellte die Ohren spitz nach oben und riss seine Augen weit auf. Emma stand eingeschüchtert am Gatter vor der Box und versuchte zu verstehen, was sich da draußen abspielte. Sie meinte, Herrn Ritters ärgerliche Stimme aus dem Streit herauszuhören.

„Ich glaube, ich warte lieber noch, bis es sich da draußen beruhigt hat, ehe ich gehe", flüsterte sie Windhauch zu und lauschte dann wieder gebannt.

„Sie können doch nicht in diesem Zustand Auto fahren, geschweige denn ein Pferd transportieren!" Jetzt drang die Stimme des Stallmeisters deutlich an Emmas Ohr.

„Und ob", brüllte die andere Stimme, die offenbar auch einem Mann gehörte. Plötzlich hörte es sich an, als würden die beiden aufeinander losgehen. Emma drückte sich eng an das Gatter und konnte Windhauchs angespanntes Atmen deutlich hören. Dumpfe Schläge waren zu hören, dann ein lautes Krachen. Emma zitterte am ganzen Körper und krallte sich am obersten Brett der Boxentür fest. Nur Sekunden später kam eine Person in den Stall gestürmt. Emma erkannte Windhauchs Besitzer – Herr Schwarzpeller, wie sie mittlerweile wusste. Er kniff seine Augen zusammen, um sich an das gedämpfte Licht im Stall zu gewöhnen. Dann blickte er sich wütend um. Emma schlich sich langsam in Richtung der anderen Pferdeboxen davon, während er auf Windhauch zutorkelte. Ein Blutstropfen, der aus seiner Nase lief, war wahrscheinlich auf die Prügelei zurückzuführen, die Emma vor dem Stall vermutet hatte. Aber hatte sie nicht eben noch die Stimme von Herrn Ritter gehört – wo war er nur? Durch Emmas Kopf rasten alle möglichen Gedanken wie die Wagen in einer Achterbahn. Einen klaren Gedanken zu fassen, war unmöglich. Emma ging weitere Schritte zurück, ohne den Besitzer von Windhauch aus den Augen zu lassen. Ihr Herz raste, als hätte sie gerade einen Tausendmeterlauf bestritten. Ihre Finger wurden kalt und feucht.

Ihre Mutter – Emma erstarrte vor Schreck – wo war ihre Mutter?

Windhauchs Besitzer war jetzt an der Box von seinem Pferd angekommen und öffnete das Gatter. Mit zitternden Fingern streifte er Windhauch ein Halfter über. Windhauch schlug verstört mit seinem Schweif.

„Weg hier mit uns, du dummer Gaul!" Herr Schwarzpeller zerrte Windhauch rücksichtslos am Führstrick aus seiner Box. Windhauch schnaubte laut und legte seine Ohren nach hinten an den Kopf. Der Mann schlug mit einem Stock auf das Tier ein.

„Du blöder Gaul wirst jetzt mit mir mitkommen", brüllte er.

Emma löste sich aus ihrer Starre und ging mehrere Schritte in Windhauchs Richtung. Immer wieder hörte sie die Stimme von Herrn Ritter in ihrem Kopf: „Sie können in diesem Zustand kein Auto fahren, geschweige denn ein Pferd transportieren!"

In Emma stieg heiße Wut auf. Dieser Mann wollte sturzbesoffen mit Windhauch verschwinden! Unterdessen hatte Herr Schwarzpeller das Pferd schon auf den Hof gezogen und prügelte wieder fluchend auf Windhauch ein.

„Emma!", schrie eine ihr wohlbekannte Stimme. Ungeachtet jeder Gefahr stürzte Emma nach draußen und in die Arme ihrer Mutter, die neben Herrn

Ritter kniete, der mit blutendem Kopf vor einer umgekippten Schubkarre lag. Emma spürte die Umarmung ihrer Mutter wie eine wärmende Decke um sich. Allmählich gelang es ihr, regelmäßiger zu atmen. *Windhauch!*, schoss es ihr durch den Kopf. Sie blickte sich zu ihrem Liebling um, der von seinem Besitzer in einen alten Pferdeanhänger getrieben wurde.

„Miststück!", fluchte dieser und klappte die Laderampe hoch. Dann torkelte er zur Fahrertür und stieg in seinen alten Mercedes. Emma wollte zu dem Pferdeanhänger rennen, doch ihre Mutter hielt sie fest umklammert.

„Ich muss zu Windhauch!", schrie sie und versuchte sich mit aller Kraft loszureißen, doch ihre Mutter hielt sie nur noch stärker umklammert.

„Mama, lass mich!" Tränen rollten über Emmas hochrote Wangen.

„Das ist zu gefährlich", raunte ihre Mutter zurück.

Emma sackte in sich zusammen und blickte dem Mercedes mit dem Pferdeanhänger hinterher. Wut, Angst und große Traurigkeit ließen sie wie gelähmt gegen ihre Mutter sinken.

„Ich liebe Windhauch", weinte Emma. Ihre Mutter, die ebenfalls Tränen in ihren Augen hatte, streichelte liebevoll tröstend über ihr Haar. Der Mercedes verschwand mit Vollgas hinter dem großen Tor und bog viel zu schnell in die Rechtskurve der Landstraße ein.

Emma sackte alles Blut in ihre Füße. Plötzlich fühlte sie sich wie leer. Sie zitterte und fror, als würde Eiseskälte sie umfangen. Ein wahnsinnig lautes Krachen, zerberstendes Metall, ein mörderischer Laut, der Emma wieder zurückholte, ließen das Blut explosionsartig wieder in ihre Glieder strömen. Auch ihre Mutter war vor Schreck zusammengezuckt und löste die feste Umarmung. Diesen Moment nutzte Emma, um loszurennen. Ihre Mutter stürzte hinter ihr her und rief, sie solle stehen bleiben. Doch Emma rannte weiter, durch das Tor hinaus auf die Straße. Dort sah sie den Grund des lauten Krachens. Der Mercedes hatte sich mitsamt Pferdeanhänger in der Kurve überschlagen und war dann ein ganzes Stück die Böschung hinuntergeschlittert. Wie erstarrt blieb Emma bei dem Anblick des zusammengequetschten Autos und Anhängers stehen. Nach dem entsetzlichen Krachen von eben herrschte nun völlige Stille.

Sekunden später hatte ihre Mutter sie eingeholt. Sie half Emma, sich ins Gras zu setzen, und legte ihr ihre Strickjacke um, bevor sie zu den zerquetschten Mercedes rannte. Genau in diesem Moment erschallte ein Martinshorn. Emma sah, wie ein Polizeiauto mit Blaulicht die Straße herabkam. Das alles kam ihr unendlich weit weg vor, wie in einem Traum, in dem sie die Rolle eines außenstehenden Beobachters hatte. Zwei Polizisten sprangen aus dem Wagen. Einer sprach kurz mit ihrer Mutter, während der andere über Funk weitere Hilfe anforderte. Emmas Mutter erklärte mit weit ausladenden Gesten die Situation, während ihr die Tränen wie Regentropfen über die Wangen strömten. Sie deutete auf den Hof und strich sich erschöpft über die Stirn.

Einige Minuten später kamen ein Feuerwehrwagen mit Blaulicht und drei Rettungsfahrzeuge den Berg heruntergefahren. Mittlerweile waren aus den Nachbarhäusern Menschen gekommen und halfen, die Straße abzusperren.

Nachdem sie mit dem Polizisten gesprochen hatte, kam Emmas Mutter erschöpft zu ihrer Tochter. Sie nahm Emma, die plötzlich laut anfing zu schluchzen, in ihre Arme. Ein Rettungssanitäter kam zu ihnen und überprüfte Emmas Puls. Er legte Emma und ihrer Mutter eine Decke um und begann, ihrer Mutter weitere Fragen zu stellen. Doch Emma bekam kein Wort von dem mit, was er sagte. Seine Worte verschmolzen mit ihren Gedanken zu einem dumpfen Brei. Einige Rettungssanitäter waren mit ihren Koffern im Hof verschwunden.

Emma starrte auf den Mercedes, der von den Feuerwehrleuten geöffnet wurde. Einige Zeit später zogen sie den Besitzer von Windhauch aus dem Auto heraus, legten ihn auf eine Trage und schoben ihn in einen der Krankenwagen. Mehrere Personen begannen sofort, sich um den Verletzten zu kümmern. Einige Feuerwehrleute gingen zu dem Pferdeanhänger. Emma wollte aufspringen und nach Windhauch schauen, aber ihre Mutter hielt sie fest.

„Lass die Fachleute sich um Windhauch kümmern",
flüsterte die Mutter. „Wir gehen jetzt nach Hause und
fragen nachher, was los ist."

Noch einmal blickte Emma zum Pferdeanhänger
und ihr Magen zog sich schmerzhaft zusammen. Ein
weiteres Auto bahnte sich den Weg zwischen den
Einsatzkräften, das Emma als den Wagen des Tier-
arztes erkannte. Erleichtert atmete sie ein. Sie wusste, dass Windhauch nun in den besten Händen war,
und wandte sich zum Gehen um. Ihre Mutter stützte
Emma und führte sie langsam zurück zum Hof, wo
ihr Auto stand. Herr Ritter hatte mittlerweile wieder
seine Augen geöffnet. Die Sanitäter kümmerten sich
um ihn.

„Danke!", sagte er leise zu Emmas Mutter, die mit
einem kurzen Lächeln darauf reagierte und mit Emma
zusammen ins Auto stieg.

Kühlende Wickel und eine hoffnungsvolle Nachricht

Emma saß in ihrem Zimmer und lauschte auf die Musik, die aus ihrer Bluetooth-Box schallte. Sie versuchte krampfhaft, die Bilder des Unfalls aus ihrem Kopf zu verjagen, doch das erwies sich als unmöglich. Emma ging zu ihrem Bett und ließ sich kraftlos darauffallen. Sie schaute auf ihren grünen Wecker, dessen Sekundenzeiger sich in Zeitlupe zu bewegen schien. Dann nahm sie ihr rotes Büchlein und schlug es wahllos auf. Die beiden Seiten, die sie aufgeschlagen hatte, zeigten Fragezeichen und Ausrufezeichen, die sich abwechselnd um die geschriebenen Verse wie ein Rahmen aufreihten. Emma kniff die Augen zusammen und legte ihre Stirn in Falten. Sie konnte sich gar nicht mehr daran erinnern, wann sie die Seiten gestaltet hatte. Sie legte eine Decke über ihre Beine und konzentrierte sich auf die fein säuberlich geschriebenen Buchstaben. *„Das eine aber wissen wir: Wer Gott liebt, dem dient alles, was geschieht, zum Guten."* Emmas Augen füllten sich wieder mit Tränen. Wie sollte das, was sie heute erlebt hatte, zum Guten dienen?

„Denn Gott hat uns keinen Geist der Furcht gegeben, sondern sein Geist erfüllt uns mit Kraft, Liebe und Besonnenheit." Keinen Geist der Furcht? Emmas Gedanken wanderten wieder zurück zu den Ereignissen von heute Morgen. Was hatte sie Angst gehabt! Wenn sie ehrlich war, hatte sie die auch immer noch – wie sollte sie dann diesen Vers verstehen?

Emma versuchte durch den Vorhang, den ihre Tränen bildeten, die nächsten Worte zu entziffern. *„Meine Gnade ist alles, was du brauchst! Denn gerade wenn du schwach bist, wirkt meine Kraft ganz besonders an dir."* Einige Tränen tropften auf Emmas Buch und verwischten die Buchstaben. Emma nickte. Eines war klar – sie fühlte sich gerade furchtbar schwach. Und wenn Gott versprach, dass er gerade dann mit seiner Kraft ganz besonders da wäre, dann wollte sie sich daran klammern und ihm vertrauen.

„Ich brauche deine Hilfe unbedingt!", flüsterte Emma und legte das rote Büchlein auf ihren Nachttisch. Sie drückte ihr Gesicht in ihr Kissen und ließ ihren Tränen freien Lauf. Irgendwie fühlte es sich an, als würden dadurch dicke Felsbrocken von ihrem Herzen gespült. Nach ein paar Minuten merkte Emma, dass ihr jemand liebevoll über den Kopf strich, und als sie die Augen öffnete, schaute sie in das Gesicht ihrer Mutter. Emma kuschelte sich an sie und so saßen die beiden in Emmas Zimmer und trösteten sich gegenseitig.

***

Einige Zeit später, nachdem Emma frisch geduscht hatte, fühlte sie sich schon wieder ein wenig kräftiger. Mit einem Handtuch, das sie sich um ihre nassen Haare gewickelt hatte, schlurfte sie runter in die Küche, um sich etwas zu trinken zu holen. Ihre Mutter telefonierte im Wohnzimmer mit ihrem Vater. Emma goss sich gerade etwas kalten Holundersirup in ihr Glas, als die Küchentür heftig aufgerissen wurde. Emma drehte sich erschrocken um und stellte gerade noch rechtzeitig das Glas auf die Küchenplatte, bevor Nele in ihre Arme stürzte und sie heftig umarmte.

„Ich hab auf dem Weg nach Hause alles gehört", sagte Nele. „Ich musste natürlich sofort hierherkommen. Wie geht es dir und deiner Mutter? Wie geht es Herrn Ritter und was habt ihr eigentlich auf dem Pferdehof gemacht?" Sie schnappte nach Luft, nachdem ihre Fragen wie ein Platzregen auf Emma heruntergeprasselt waren. Emma holte schweigend ein weiteres Glas aus dem Schrank und füllte es mit Sirup und Mineralwasser, dann stellte sie die Gläser auf den Tisch und ließ sich auf einen der Stühle plumpsen.

„Jetzt hol erst einmal Luft. Sonst müssen wir gleich wieder einen Krankenwagen rufen!" Sie deutete auf einen der Stühle.

Nele setzte sich brav auf den Stuhl und nippte an ihrem Getränk, während Emma versuchte, ihr die Zusammenhänge der Ereignisse am Morgen zu erklären, ohne ein Detail dabei zu vergessen.

„Meine Güte!", schnaufte Nele. „Und das hier bei uns am Ende der Welt!" Sie machte eine kurze Pause, trank einen großen Schluck und schaute Emma seltsam an. „Und beim Arzt warst du dann wohl nicht mehr?" Sie deutete auf Emmas Auge, das immer noch ziemlich geschwollen war.

Emma hatte den Grund, weshalb sie sich heute Morgen mit ihrer Mutter ins Auto gesetzt hatte, vollkommen vergessen. Sie fasste an ihr Auge und schüttelte ihren Kopf.

Nele trank ihr Holunderwasser aus, stand auf und sagte energisch: „Wenn das so ist, dann gehe ich jetzt erst mal nach Hause und hole dir unser Familienwunderheilmittel. So kannst du doch nicht weiter herumlaufen. Vielleicht erfahre ich ja auf dem Weg irgendetwas von Windhauch ..." Sie ging zur Tür, drehte sich nochmal zu Emma um und schenkte ihr ein herzliches Lächeln. „Bin gleich wieder da!" So schnell, wie sie erschienen war, war Nele auch schon wieder aus der Tür verschwunden.

Emma schüttelte ihren Kopf. Offenbar liebte Nele besondere Abgänge und dramatische Auftritte. Sie schaute nachdenklich aus dem Küchenfenster zum Teich hinaus und ließ sich von ihren Gedanken davontragen. Selbst als ihre Mutter in die Küche kam und anfing, mit den Töpfen zu klappern, ließen die Gedanken, die sich wie ein Kreisel in ihrem Kopf drehten, Emma nicht los.

„So, jetzt wollen wir dich verarzten!" Nele stellte eine braune Flasche vor Emma auf den Tisch und ließ sich auf den Stuhl neben Emma nieder. Emma wandte sich um. Erst jetzt fiel ihr auf, dass ihre Freundin zurück war und dass eine dampfende Teetasse und ein paar leckere Kekse vor ihr standen.

„Danke, Mami!", sagte Emma zu ihrer Mutter, die sie liebevoll anlächelte.

„Ich hoffe, er ist noch schön warm", sagte sie. Emma stand auf und umarmte ihre Mutter. Sie nahm daraufhin Emmas Gesicht zwischen ihre schmalen Finger und gab Emma einen Kuss auf ihre Stirn. „Ich liebe dich, meine tapfere kleine Maus", flüsterte sie in ihr Ohr. Emma gab ihrer Mutter einen Kuss und setzte sich wieder zu ihrer Freundin, die mit einem breiten Grinsen am Tisch saß und in einer Tasche kramte.

„So, Ihre Hand bitte, Frau Hasenacker!" Der strenge Ton in Neles Stimme entlockte Emma ein Grinsen. Bereitwillig hielt sie ihrer Freundin ihre Hand entgegen, die immer noch geschwollen war. Nele zog aus ihrer selbst gefilzten Umhängetasche mehrere Kompressen und Mullbinden. Dann tränkte sie eine der Kompressen mit der milchigen Flüssigkeit aus der braunen Flasche, legte sie auf Emmas geschwollene Hand und wickelte eine der Mullbinden zur Befestigung um die Hand. Emmas Mutter schaute ihr dabei zu und nickte anerkennend.

„Wo hast du das gelernt?", fragte sie und zeigte auf den professionellen Verband, der jetzt an Emmas Hand angelegt war.

„Meine Mum kann kein Blut sehen. Und da sich meine Schwester und ich oft verletzt haben, hat uns mein Papa schon früh gezeigt, wie man Verletzungen richtig behandelt." Nele zuckte mit den Schultern und widmete sich jetzt der Schwellung über Emmas Auge. „Damit dein Wickel wenigstens ein paar Stunden hält, hab ich dir eine Augenklappe mitgebracht, Captain Hook." Nele wedelte mit einer schwarzen Augenklappe vor Emmas Auge. Emma kicherte und schüttelte den Kopf. Was war das eigentlich für ein verrücktes Mädchen, ihre Freundin Nele?

„Du kannst ja schon wieder lachen!" Nele klatschte vor Freude in die Hände, drehte sich einmal um ihre Achse und wedelte dabei mit ihren Armen, als wolle sie einen Schwarm lästiger Insekten verscheuchen. Emma und ihre Mutter lachten nun von ganzem Herzen. Nach dem grausigen Erlebnis am Vormittag fühlte sich das an wie eine Befreiung.

Nach einer Weile war die Augenklappe an Emmas Kopf befestigt, unter der eine kühlende Kompresse steckte. Emmas Mutter bat Nele, zum Mittagessen zu bleiben, und so saßen sie zu dritt am Esstisch und aßen frisch gebackene Eierkuchen. Nele stopfte sich einen nach dem anderen in ihren Mund und nutzte jede Minute, in der ihr Mund nicht ganz so voll war, um witzige Geschichten von ihrer Familie zu erzählen.

„Möchtest du noch einen Eierkuchen?", fragte Emmas Mutter, während Nele mal wieder eine kleine Redepause eingelegt hatte. Ihr Mund war nämlich gerade so voll, dass beim Sprechen sämtlicher Inhalt auf dem Tisch verteilt worden wäre. Nele schüttelte den Kopf und deutete mit der Hand auf ihren Bauch, den sie jetzt so nach vorn schob, dass er aussah, als hätte sie einen Ball verschluckt.

Emmas Mutter grinste. „Nach acht Eierkuchen würde ich wahrscheinlich auch keinen Piep mehr machen können."

Emma, die schon nach zwei Eierkuchen mehr als genug hatte, zwinkerte Nele zu. „Sie hat die Eierkuchen alle unter ihrem Stuhlkissen versteckt, um dich zu beeindrucken", vermutete sie.

„Das wäre nicht nötig gewesen", lachte Emmas Mutter. „Schon bevor ich gesehen habe, wie viele Eierkuchen du essen kannst, hast du mich schon sehr beeindruckt." Sie strich Nele über ihre volle Wange und diese grinste wie ein Breitmaulfrosch.

In diesem Moment schrillte die Haustürklingel, sodass Emma erschrocken zusammenzuckte. Ihre Mutter eilte aus der Küche und öffnete die Haustür. Einige Augenblicke später betrat sie mit Dr. Laubbauer, dem Tierarzt, die Küche.

„Hallo Mädels!", grüßte er Nele und Emma, die erstaunt in seine Richtung starrten. Emmas Mutter bot ihm einen Stuhl an und stellte ein Glas ihres selbst gemachten Sirups vor ihm auf den Tisch.

Dr. Laubbauer räusperte sich und nickte in die Runde. „Ich dachte, ich berichte euch kurz, wie es um unsere Verletzten steht, da ihr" – jetzt schaute er Emma an – „heute Morgen das Drama mit ansehen musstet."

Emma nickte und eine komische Hitze stieg in ihrem Brustkorb auf.

„Es sieht folgendermaßen aus", fuhr Dr. Laubbauer fort. „Herr Ritter hat sich bei seinem Sturz auf die Schubkarre eine Platzwunde am Kopf zugezogen. Er scheint sich aber, außer der Platzwunde, offenbar nichts Ernstes zugezogen zu haben."

Emma und ihre Mutter atmeten erleichtert auf.

„Nachdem er im Krankenhaus die ganze Zeit wie ein eingesperrter Löwe durch das Zimmer getigert ist, haben sie ihn auf eigene Verantwortung aus dem Krankenhaus entlassen."

„Das ist gut zu hören", sagte Emmas Mutter.

„Herrn Schwarzpeller, den Besitzer von Windhauch, hat es um einiges schwerer getroffen." Emma sah vor ihrem inneren Auge den zerquetschten Mercedes und versuchte sich sofort wieder auf Dr. Laubbauers Worte zu konzentrieren. „Herr Schwarzpeller hat ein schweres Schädelhirntrauma. Ansonsten hat er wie durch ein Wunder nur Prellungen, ein gebrochenes Bein und eine gebrochene Schulter."

„Das ist ja unglaublich!" Emmas Mutter schaute nachdenklich auf den Tisch. „So wie der Mercedes aussah, hatte ich mit viel Schlimmerem gerechnet. Gott sei Dank!", sagte sie aus tiefstem Herzen und man spürte, dass es keine Redensart für sie war, sondern erleichterte Dankbarkeit.

Dr. Laubbauer nickte und kniff dann seine Augen zusammen. Emmas Herz fing an zu hämmern, als würde jemand mit einem Vorschlaghammer dagegenschlagen. *Windhauch!*, schoss es ihr durch den Kopf. Sie schluckte mühsam, denn irgendwie hatte sich plötzlich ein richtig fetter Kloß in ihrer Kehle gebildet.

„Jetzt zu Windhauch – den hat es am schlimmsten erwischt", setzte der Tierarzt seinen Bericht fort. „Nachdem die Feuerwehr ihn aus dem Anhänger geborgen hatte, dachte ich erst, er hätte es nicht geschafft. Aber der Knabe scheint einen wahnsinnigen Lebenswillen zu haben. Er wurde in meine Tierklinik gebracht, wo wir einige Notoperationen durchführen mussten. Im Moment ist sein Zustand überraschend stabil, obwohl er schwere Verletzungen davongetragen hat. Die nächsten Tage werden zeigen, ob er durchkommt. Was allerdings jetzt schon feststeht: Wenn er es schafft, kann er nur noch mit einem Auge sehen. Das andere wurde so schwer verletzt, dass wir es nicht mehr retten konnten."

Emma dachte an die treuen Augen, aus denen Windhauch sie so aufmerksam beobachtet hatte, und Tränen stiegen in ihr auf.

„Es tut mir leid, dass ich euch in Bezug auf Windhauch keine besseren Nachrichten bringen kann." Dr. Laubbauer stand auf. Bevor er die Küche mit Emmas Mutter verließ, drehte er sich noch einmal zu den Mädchen um, die immer noch wie versteinert dasaßen. „Emma, ich weiß ja, wie du an Windhauch hängst. Wenn du möchtest, darfst du ihn gern ab morgen in der Klinik besuchen. Vielleicht hilft ihm das ja." Der Arzt nickte den Mädchen freundlich zu und ging zur Haustür, wo er sich mit einigen leisen Worten von Emmas Mutter verabschiedete.

Als Emmas Mutter wieder zurück in die Küche kam, saßen die beiden Mädchen schluchzend am Tisch. Sie nahm die beiden in ihre Arme und streichelte ihnen beruhigend über den Rücken. „Windhauch wird es schaffen!", flüsterte sie, wobei ihr Wunsch, dass es so sein würde, größer war als ihre Hoffnung.

★★★

Emma tat es gut, sich um Jimmy zu kümmern, der zufrieden in seiner Box stand. Sie fuhr ihm mit der Kardätsche, einer weichen Bürste, über sein weißes Fell und streichelte ihn sanft mit ihrer anderen Hand. Als sie heute den Stall nach den Vorfällen das erste Mal wieder betreten hatte und an der leeren Box von Windhauch vorbeigegangen war, hatte sich ihr Magen schmerzhaft zusammengezogen. Einerseits wünschte Emma sich, bei Windhauch sein zu können – andererseits verspürte sie eine riesige Angst davor, Windhauch in seinem Zustand zu sehen. Würde sie ihn immer noch genauso lieben, auch wenn er jetzt entstellt war?

Emma schluckte und konzentrierte sich wieder auf Jimmy.

Das Wiedersehen

Emma saß auf dem Rücksitz neben Nele, die aus dem Fenster starrte. Ihre Finger waren fest ineinander verkrampft und ihre Nackenmuskeln schmerzten vor Anspannung. *Was erwartet mich?*, war die große Frage, die sie innerlich umtrieb. Nele klopfte im schnellen regelmäßigen Takt auf die Armatur am Fenster, was deutlich zeigte, dass auch sie sich nicht wohl in ihrer Haut fühlte.

Im Rückspiegel sah Emma das angespannte Gesicht ihrer Mutter, die den Wagen auf eine große Hofeinfahrt lenkte. Als sie den Wagen Sekunden später auf einem Parkplatz zum Stehen brachte, atmete Emma tief ein.

Egal, wie ich mich fühle, ich muss mich für Windhauch zusammenreißen, dachte sie und straffte ihre Schultern.

„Soll ich mitkommen?", fragte ihre Mutter. Doch Emma lächelte sie gequält an und schüttelte energisch den Kopf, dann nickte sie Nele zu. Beide stiegen aus dem Auto und gingen auf eine große Tür zu, über der ein Schild „Tierklinik Laubbauer" hing.

Emma drückte die Türklinke hinunter und betrat einen freundlichen Empfangsraum. Am Tresen gab es eine kleine Klingel, auf die Emma drückte. Jeder Muskel spannte sich in ihrem Körper an. Nele hielt sich unruhig im Hintergrund und sagte kein Wort, was Emma bisher noch nicht bei ihrer Freundin erlebt hatte. Nach einigen endlosen Sekunden angespannten Wartens trat eine Frau mit einem weißen Kittel und einer bunt gesprenkelten Hornbrille aus einem angrenzenden Raum in den Empfangsraum und begrüßte die beiden Mädchen freundlich.

„Ihr müsst Emma und Nele sein", sagte sie. Die beiden Mädchen nickten. „Ihr werdet schon von Dr. Laubbauer erwartet."

Sie winkte ihnen mit einer Handbewegung zu, ihr zu folgen. Emmas Beine fühlten sich mit jedem Schritt, den sie der Dame im weißen Kittel folgte, schwerer an. Sie versetzte sich innerlich immer wieder einen Ruck, um nicht wie gelähmt stehen zu bleiben. Irgendwo hier in dem Gebäude war Windhauch. Vor Emmas Augen stieg wieder das Bild von dem zerquetschten Pferdeanhänger auf. Ihr wurde übel.

Emma blickte verzweifelt zu Nele, die ein paar Schritte hinter ihr lief und wie ein Häufchen Elend aussah. Nachdem sie durch einen langen Gang gegangen waren, öffnete sich automatisch eine große Tür hinein in eine große Reithalle. Auf dem Platz stand der Tierarzt mit einem anderen Mann und führte einige Übungen mit einem Pferd durch. Als er die beiden Mädchen sah, gab er dem anderen noch ein paar Anweisungen und kam dann mit schnellen Schritten auf Emma und Nele zu.

„Schön, dass ihr da seid!", sagte er und schüttelte den beiden kräftig die Hand. *Ob man es als schön bezeichnen kann, dass wir hier sind, da bin ich mir wirklich nicht sicher,* dachte Emma. Ihr ganzer Mut, Windhauch in seinem Zustand zu treffen, schien in den letzten Sekunden völlig verschwunden zu sein.

„Dann kommt mal mit, ihr beiden. Windhauch geht es heute den Umständen entsprechend gut", erklärte Dr. Laubbauer und führte die beiden Mädchen durch ein weiteres Tor, hinter dem sich einige Pferdeboxen befanden. Die freundliche Dame mit der Hornbrille winkte kurz und verschwand in einer der Boxen.

„So, da wären wir!" Der Doc schob das Tor einer Pferdebox zur Seite und deutete auf den Boden. Emma schluckte heftig und ging zum Tor. Ihr Herz zog sich zusammen, als sie Windhauch auf dem Boden liegen sah. Sie trat in die Box und kniete sich vor seinen verbundenen Kopf. Sanft strich sie ihm über seinen Hals.

„Ich bin es, Windhauch", flüsterte sie und rutschte noch dichter an das Tier heran, dass sofort mit einem leisen Schnauben auf Emma reagierte. „Ich bin so froh, dass du es geschafft hast, mein Schöner!" Emma rollte eine Träne über ihre Wange. „Du musst jetzt ganz stark sein, mein Held", flüsterte sie weiter. „Schließlich wollen wir beide noch mal zusammen ausreiten." Emma strich liebevoll über Windhauchs Fell und sah mit Tränen in den Augen zu ihm herab. „Ich werde alles tun, damit du nicht mehr zu diesem Tyrannen zurückmusst", versprach sie leise, sodass nur das Pferd sie hören konnte.

Die Minuten verstrichen, während Emma liebevoll mit Windhauch redete und über sein Fell strich. Nele, die sich die ganze Zeit im Hintergrund gehalten hatte, kniete sich neben ihre Freundin und legte einen Arm um ihre Schulter. „Er wird es schaffen", sagte sie und starrte auf die Verbände und Verletzungen von Windhauch. Nach einer Weile, die sich wie Sekunden und gleichzeitig wie Ewigkeiten anfühlte, trat der Tierarzt in die Box und bat die Mädchen, sich von Windhauch zu verabschieden. Emma küsste Windhauch auf seinen Hals und spürte, dass sie ihn jetzt noch viel mehr liebte als vor einigen Tagen, als er noch gesund in seiner Box gestanden hatte. Alle ihre Befürchtungen, sie könne seinen geschundenen Anblick nicht ertragen, hatten sich in den letzten Minuten in nichts aufgelöst. Windhauch und Emma gehörten einfach zusammen.

★★★

Beim Abendbrot stocherte Emma nachdenklich in ihrem Salat herum, während ihre Mutter und ihr Vater leise die neusten Informationen austauschten.

„Emma?" Ihr Vater blickte zu Emma und legte seine große Hand auf ihre. Emma schaute kurz auf, stocherte dann aber weiter im Salat herum. „Rede mit uns", bat ihr Vater. Emma legte ihre Gabel an den Tellerrand und blickte mit traurigem Blick in die warmen, blauen Augen ihres Vaters. Dieser strich ihr liebevoll über die Wange.

„Ich weiß nicht, wo ich anfangen soll", flüsterte Emma und ließ ihren Blick wieder auf ihren Teller sinken. Ihr Vater fasste Emma unter das Kinn und zog ihr Gesicht wieder sanft in seine Richtung.

„Egal", sagte er, „fang einfach an!"

Emma rollte eine Träne über die Wange. Sie schluckte, um den Kloß zu beseitigen, der mal wieder in ihrem Hals Platz genommen hatte. „Ich habe Windhauch versprochen, dass er nicht zurück zu diesem Monster muss. Als er da so vor mir lag, hat das mein Herz fast zerrissen. Windhauch ist das liebenswerteste Pferd, das ich je gesehen habe. Okay, die meiste Zeit meines

Lebens habe ich von Pferden nichts wissen wollen." Emma holte Luft und stellte dann mit zitternden Lippen die entscheidende Frage: „Ist es irgendwie möglich, dass wir Windhauch kaufen? Ich würde alles dafür geben, wenn er nur in die richtigen Hände geraten würde." Emma schniefte und ließ ihren Kopf auf den Tisch sinken, als wäre jegliche Energie aus ihrem Körper gewichen.

Ihr Vater stand auf und kniete sich vor Emmas Stuhl, dann zog er sie in seine starken Arme und hielt sie schweigend fest, während sie an seiner Schulter schluchzte. Nach ein paar Minuten löste Emma sich aus der Umarmung und wischte sich ihr nasses Gesicht mit ihrem Arm ab. Ihre Mutter hielt ihr ein Taschentuch hin und streichelte Emma über den Kopf.

„Ich rede morgen mal mit Dr. Laubbauer", überlegte der Vater laut, „und lasse mir genau schildern, was auf uns zukommen würde, wenn wir Windhauch tatsächlich kaufen würden. Mach dir aber bitte nicht zu große Hoffnung, meine Kleine. Ich habe überhaupt keine Ahnung, ob wir das finanziell stemmen könnten. Und dann ist da noch die Frage, ob der Besitzer Windhauch überhaupt abgibt. Und wird Windhauch mit einem Auge zurechtkommen?" Ihr Vater schüttelte den Kopf. „Die eine Frage zieht Tausende weitere hinter sich her. Das muss trotz der ganzen Situation alles gut durchdacht werden."

Emma kuschelte sich in die Arme ihres Vaters.

„Danke, Papa, dass ihr euch wenigstens Gedanken macht! Ich hab euch lieb und bin glücklich, euch immer an meiner Seite zu haben." Ihre Mutter trat zu den beiden und alle drei umarmten sich und eine tiefe Ruhe legte sich über die aufgeregten Wogen in Emmas Herz.

★★★

Seit dem Unfall waren einige Tage vergangen. Bisher hatte es Emma jeden Tag geschafft, Windhauch bei Dr. Laubbauer einen Besuch abzustatten. Sein Zustand verbesserte sich von Tag zu Tag, was sie ein wenig aufatmen ließ.

Als sie gerade die Treppen heruntersprang, um ihre Mutter und ihren Vater nicht allzu lange mit dem Mittagessen warten zu lassen, schrillte die Türklingel. *Bestimmt Nele*, dachte Emma und rannte in den Flur, um die Tür zu öffnen. Zu ihrer Überraschung stand Herr Ritter, der Stallmeister, vor der Tür.

„Hallo!", begrüßte Emma ihn überrascht.

„Schön, dich zu sehen, Emma!", sagte Herr Ritter und hielt Emma seine Hand zur Begrüßung hin.

Emma schüttelte seine Hand. „Bitte kommen Sie doch rein."

Herr Ritter zog einen Blumenstrauß hervor, den er hinter seinem Rücken versteckt gehalten hatte, und sagte: „Ich wollte nur kurz mit deinen Eltern reden."

„Die sind in der Küche. Kommen Sie mit!" Emma führte ihn durch die Glastür, die vom Flur in die Küche führte.

Als Emma mit Herrn Ritter im Schlepptau in der Küche ankam, begrüßten ihre Eltern ihn herzlich und baten ihn, sich zu ihnen zu setzen. Doch bevor Herr Ritter das tat, hielt er Emmas Mutter den Blumenstrauß entgegen.

„Ich wollte mich sehr, sehr herzlich für Ihre Hilfe bedanken", begann er, „auch wenn ein Blumenstrauß nicht im Geringsten meinen Dank ausdrücken kann. Ich bin so wahnsinnig dankbar, dass Sie an dem Morgen gerade in der Nähe waren. Danke für Ihre unerschrockene Hilfe! Es ist nicht auszudenken, was passiert wäre, wenn Sie nicht direkt nach der Auseinandersetzung die Polizei verständigt hätten."

Emma schaute zu ihrer Mutter, die rot angelaufen war, und musste grinsen. Jetzt verstand sie, warum die Polizei so unmittelbar nach dem Unfall eingetroffen war. Ihre Mutter hatte sie schon vorher verständigt, als Herr Schwarzpeller auf Herrn Ritter losgegangen war. Emma war sehr stolz, wie geistesgegenwärtig und mutig ihre Mutter reagiert hatte.

Herr Ritter blieb nach mehrmaliger Bitte von Emmas Eltern zum Essen und die drei Hasenackers löcherten ihn mit ihren Fragen zur Pferdehaltung. Nach einem sehr langgezogenen Mittagessen begleitete Emma Herrn Ritter zu den Stallungen. Als sie in den Stall schaute, sah sie, dass alle Boxen leer waren. Auf der Suche nach Nele ging sie um das Gebäude herum runter zu den Weiden, auf denen die Pferde standen. Da entdeckte sie Nele, die auf dem Gatter in der Sonne saß.

Neben ihr stand Tim, der ihr etwas zu erklären schien. Emma rannte den Weg hinunter auf die beiden zu.

„Hallo!", rief sie.

Nele und Tim drehten sich zu ihr um. Nele sprang vom Gatter und lief Emma entgegen. Nach einer freundschaftlichen Begrüßung gingen die beiden zu Tim, der auf sie wartete.

„Hallo Emma!" Er lächelte ihr zu und musterte sie prüfend. „Schön, dich zu sehen! Wie ich sehe, sind deine Blessuren von unserem letzten Ausritt nicht mehr zu sehen. Das freut mich! Ich hab mir richtig heftige Vorwürfe gemacht."

Emma schüttelte den Kopf. „Mein Papa hat mich zwar immer Matschauge genannt, aber das war in den letzten Tagen mein kleinstes Problem."

„Ich hab schon von dem Unfall gehört", bestätigte Tim. „Wie geht es Windhauch?"

„Gestern machte er schon einen etwas lebhafteren Eindruck. Der Doc hat ihn ruhiggestellt, damit er nicht so leiden muss", erklärte Emma, „aber er wird es schaffen. Ich sehe das an dem Funkeln, das manchmal, trotz seines Zustandes, in seinem Auge aufblitzt."

Tim nickte. „Nele hat erzählt, dass ihr überlegt, Herrn Schwarzpeller Windhauch abzukaufen."

Emma sah betreten zu Boden. „Meine Eltern rechnen gerade alles durch und stellen ganz vielen Leuten jede Menge Fragen. Eine der wichtigsten Fragen ist, ob es uns möglich wäre, uns um ein einäugiges Pferd professionell zu kümmern – und das mit unserem unterentwickelten Sachverstand." Emma ließ die Schultern sinken. „Es soll Windhauch unbedingt gut gehen."

„Ja, ihn einfach nur zu kaufen, wäre zu wenig", stimmte Tim zu. „Ein Pferd, das sein Augenlicht auf einer Seite verloren hat, muss trainiert werden, damit es wieder einigermaßen zurechtkommt."

„Vielleicht kannst du dir Windhauch mal anschauen, Tim?", fragte Emma. „Du kennst dich doch mit Pferden und ihrem Training bestens aus." Sie sah Tim flehend an. „Bitte!"

Tim überlegte kurz und nickte. „Anschauen – das dürfte sich machen lassen", sagte er, woraufhin ihm Emma und Nele begeistert um den Hals fielen.

Zerplatzte Hoffnung

Am nächsten Tag saß Familie Hasenacker mit Nele und Tim im Auto und fuhr zur Tierklinik. Dort führte Emma, die sich mittlerweile bestens in der Klinik auskannte, die anderen zu Windhauchs Box. Vor der Box begrüßte sie die nette Dame mit der Hornbrille, die Frau Habicht hieß.

„Bevor ihr heute zu Windhauch geht", sagte sie ernst, „möchte ich euch vorwarnen. Windhauch macht seine Sache sehr gut. Heute hat er das erste Mal auf seinen Beinen gestanden. Damit seine Wunden besser heilen können, haben wir uns entschlossen, seine Verbände abzunehmen. Die Wunden sind jetzt allerdings schwer zu übersehen und das könnte für zartbesaitete Menschen ein Problem werden." Frau Habicht holte tief Luft.

Emma und Nele schluckten und fassten sich an die Hand. Sie öffneten das Tor zur Box und traten einen Schritt an Windhauch heran, der – von ihnen wegge-wandt – dastand und durch die Luke ins Freie blickte. An seinem Hinterlauf zogen tiefe Einschnitte die Auf-merksamkeit der beiden Mädchen auf sich.

Emma schüttelte den Kopf. „Hallo, mein Großer!", sagte sie mit zitternder Stimme und ging mit Nele im Schlepptau noch ein wenig näher an Windhauch he-ran. Das Pferd drehte seinen Kopf etwas seltsam zu ihnen und kam auf sie zu. Nele schluckte und drück-te Emmas Finger noch fester, nachdem sie das ganze Ausmaß von Windhauchs Verletzung gesehen hat-te. Doch Emma ließ Neles Hand los und ging zwei weitere Schritte auf Windhauch zu. Sie legte ihren Kopf an seine unverletzte Seite und streichelte ihm über sein samtenes Fell. „Ich hab dich vermisst, mein Schöner!"

Windhauch wirkte verstört und zog die Luft hek-tisch durch seine Nüstern. Doch je länger Emma mit ihm redete und ihm über sein Fell strich, desto ruhi-ger wurde er. Er schaute Emma unsicher, aber voller Liebe mit seinem schönen braunen Auge an. Emma schmerzte es, seine Unsicherheit zu sehen.

Sie deutete auf Nele, der die Tränen über ihre Wangen kullerten. „Ich hab dir jemanden mitgebracht", sagte Emma. „Meine beste Freundin ist extra wegen dir da."

Nele trat nun auch an Windhauch heran, der seinen Kopf wieder seltsam verdrehte, um sie zu sehen. „Hallo, Windhauch!", sagte Nele tapfer. „Es ist schön, dich auf den Beinen zu sehen!" Nele strich Windhauch über seine Blesse und bekam dafür ein dankbares Lächeln von Emma geschenkt.

Tim trat zu den Mädchen in die Box und verzog schmerzlich sein Gesicht. Er begrüßte Windhauch und streichelte sanft über sein Fell. Er strich vorsichtig über die unverletzte Seite des Halses, über die Schulter, dann über Windhauchs Flanke bis runter zum Hinterbein. Emma wich keinen Zentimeter von Windhauchs Seite und sah, wie er auf Tims Berührung an einigen Stellen mit einem Zittern reagierte. Als Tim auf die andere, die verletzte Seite von Windhauch trat, stapfte Windhauch nervös auf.

„Alles gut, mein Großer", flüsterte Emma und streichelte sanft über Windhauchs Blesse und Nase, was ihn beruhigte. Emmas Eltern standen besorgt an der Box und hielten den Atem an.

„Wie soll dieses Pferd jemals wieder auf einer Wiese stehen und mit anderen Pferden herumtollen?", flüsterte Emmas Mutter ihrem Mann ins Ohr und biss sich auf die Unterlippe.

Nachdem Tim Windhauch genau begutachtet hatte, ging er zu Emmas Eltern und ließ die beiden Mädchen allein mit dem Pferd.

„So, jetzt lasst Windhauch mal Zeit zum Ausruhen", sagte Tim nach einer Weile und forderte die Mädchen auf, sich von dem Pferd zu verabschieden. Emma und Nele traten aus der Box heraus. Emma warf Windhauch noch einen letzten liebevollen, sehnsüchtigen Blick zu, bevor sie hinter den anderen nach draußen auf den Hof lief. Als Dr. Laubbauer sie sah, kam er eilig auf sie zu.

„Wie gut, dass ich Sie noch erwische", schnaufte er und fuhr sich durch seinen Kinnbart. Er begrüßte alle mit Handschlag und wandte sich an Emma und Nele. „Nele und Emma, könntet ihr zu Frau Habicht in die Behandlungsräume gehen, um ihr ein wenig zu helfen?"

Nele und Emma schauten sich fragend an, nickten aber und verschwanden mit einem „Ja klar, machen wir!" im Gebäude. Die Erwachsenen blieben allein zurück.

Im Behandlungsraum drehte sich Frau Habicht fragend um, als sie die beiden Mädchen sah. „Wir sollen Ihnen zur Hand gehen", erklärte Nele und zwinkerte Frau Habicht zu, die mit den Schultern zuckte.

„Hilfe kann man hier immer gebrauchen", meinte sie. Sie überlegte eine Weile und schickte dann die beiden Freundinnen zu den Kleintieren, um den Ara in den Behandlungsraum zu holen.

Doch die Aufgabe, die sich erst so einfach angehört hatte, erwies sich als ziemlich schwierig.

„Ich dachte, wir stecken den Kerl in den Käfig und sind gleich wieder zurück", brummte Nele, die jetzt auf eine Trittleiter stieg, um den Papagei aus der obersten Ecke der Voliere zu holen.

Emma stand mit dem Transportkäfig in der Hand unter ihr und grinste. „Dass dich mal so ein kleines Vögelchen in Schach halten kann, hätte ich mir nie vorstellen können." Sie kicherte und beobachtete, wie Nele mit ausgestreckten Armen versuchte, an den Ara heranzukommen.

„Kriegst mich nicht!", krächzte der. Emma bog sich vor Lachen. Als es gerade so aussah, als könnte Nele den Ara packen, breitete der die Flügel aus und flog zur anderen Seite des riesigen Käfigs. Dabei ließ er genau über Neles Kopf einen hässlichen Pflatsch fallen. Emma kreischte vor Lachen, während Nele ihren Jägerhut vom Kopf nahm und begutachtete.

„So ein Mist!", fauchte sie. „Zum Glück hatte ich den Hut auf!"

Emma zeigte auf den Ara, der sich mittlerweile seelenruhig vor dem Transportkäfig niedergelassen hatte. Sie stupste ihn von hinten an und der Ara trippelte folgsam hinein.

„Geht doch ganz einfach", sagte Emma verschmitzt und grinste Nele an, die wütend auf den Boden stampfte.

„Das darf doch wohl nicht wahr sein", schimpfte sie und schüttelte ärgerlich den Kopf. Als die beiden Mädchen im Behandlungszimmer ankamen, schaute Frau Habicht über ihre Brille hinweg auf den Hut, den Nele in einiger Entfernung vor sich hertrug.

„Brauchen Sie vielleicht eine Stuhlprobe von dem Mistkerl?", fragte Nele trocken, woraufhin auch Frau Habicht in lautes Lachen ausbrach.

Nachdem sie sich beruhigt hatte, verzog sie ihren Mund schuldbewusst. „Ich glaube, das ist meine Schuld." Sie deutete auf Neles Hut. „Ich hab ganz vergessen, dass der Ara ziemlich Angst vor Menschen mit Hüten hat. Tut mir leid!" Sie lächelte Nele entschuldigend zu, die ihren Mund schmollend verzog. Dann wandte sie sich an Emma und sagte: „Habt vielen Dank für eure Hilfe! Ihr sollt wieder zu deinen Eltern kommen, sie wollen jetzt fahren." Sie öffnete den Käfig.

„Schnell hier raus!" Verärgert zog Nele Emma am Ärmel hinter sich her.

Als sie die Tür zum Hof öffneten, mussten die beiden Mädchen ihre Augen zusammenkneifen, weil die Sonne hell und warm auf die Pflastersteine vor ihnen strahlte. Am Auto standen Emmas Eltern und Tim, der Tierarzt war bereits wieder verschwunden.

„Was ist denn damit passiert?", fragte Emmas Papa und deutete auf Neles Hut.

„Eine lange Geschichte", seufzte Nele und setzte

sich mit Emma und Tim auf die Rückbank des Autos. Irgendwie empfand Emma die Stimmung im Auto als ziemlich gedrückt. Selbst als sie erst Tim und dann Nele mit ihrem vollgekleckerten Hut nach Hause gebracht hatten, schienen ihre Eltern immer noch sehr schweigsam zu sein.

Zu Hause angekommen, nahm Emmas Mutter Emma in den Arm und sagte: „Wir müssen dir etwas sagen, mein Schatz!" Der ernste Tonfall ihrer Mutter jagte Emma einen Schreck ein. Sie folgte ihren Eltern ins Wohnzimmer und setzte sich mit angezogenen Beinen aufs Sofa.

„Dr. Laubbauer hat eben mit uns gesprochen", fing ihr Vater an.

„Wird es Windhauch nicht schaffen?", fragte Emma panisch.

Ihre Mutter rückte jetzt näher an sie heran und legte den Arm um Emmas Schulter.

„Das ist es nicht", meinte ihr Vater, der traurig auf den Wohnzimmertisch starrte. „Er ist sich zu neunundneunzig Prozent sicher, dass Windhauch es schaffen wird." Der Vater legte eine Pause ein, um zu schlucken. „Herr Schwarzpeller will Windhauch nicht an uns verkaufen. Stattdessen hat er ihn bereits an einen ortsansässigen Schlachthof verkauft, der Windhauch morgen abholen wird." Wieder schluckte Emmas Vater. Seine Niedergeschlagenheit blieb Emma nicht verborgen.

Emma ballte ihre Hände zu Fäusten und flüsterte: „Ich hasse ihn! Ich hasse ihn!" Ihre Mutter nahm sie in ihre Arme, während Emma ihren Tränen freien Lauf ließ.

***

Nachdem die Eltern an diesem Abend ihr Bestes getan hatten, um Emma zu trösten, lag Emma wie gelähmt in ihrem Bett. Sie wusste nicht, welches Gefühl stärker war: der Hass, den sie für Herrn Schwarzpeller empfand, oder die tiefe Traurigkeit, die sich breitmachte, wenn sie daran dachte, dass sie Windhauch nie wiedersehen würde.

„Was kann ich nur tun?", flüsterte sie in ihr dunkles Zimmer. Diese Frage hallte auch noch durch ihren Kopf, als sie von der Müdigkeit übermannt wurde.

Emma stand an einem riesigen Buntglasfenster. Ihre Finger lagen auf der kalten Scheibe und ihr hektischer Atem hauchte in regelmäßigen Abständen einen leichten Schleier auf das bunte Glas. Dort unten stand Jerónimo, ihr Pferd. Heute sollte es in den Besitz des Grafen übergehen. Wieder zauberte ihr Atem einen Schleier auf die Scheibe. Dort unten fuhr der Wagen vor und ein breitschultriger, elegant gekleideter Mann stieg von dem Gespann. Einer der Diener übergab Jerónimo dem vornehmen Mann. Bevor dieser das Pferd an den Wagen band, wandte er seinen Blick nach oben und schaute Prinzessin Emma direkt in die verweinten Augen. Mehrere Sekunden ver-

gingen, dann winkte der Mann Emma und deutete ihr, zu ihm nach unten zu kommen. Ein freundliches Lächeln umspielte sein Gesicht. Emma rannte die Stufen hinunter, bis sie mit wehenden Haaren vor Jerónimo stand. Der Mann hielt Emma den Führstrick hin und nickte ihr zu.

„Mein Geschenk für Euch!", sagte er und verbeugte sich.

Emma zögerte, ergriff dann aber Jerónimos Zügel. Sie stieg auf ihr Pferd, blickte sich noch einmal dankbar um und flog mit ihrem Pferd über die angrenzenden Wiesen.

Der Geistesblitz

Emma schlug die Augen auf. Wie ein Blitz, der klar über den dunklen Himmel zuckt, schoss ihr ein Gedanke durch den Kopf. Sie richtete sich auf und sah auf ihren grünen Wecker. Vier Uhr und acht Minuten zeigte die digitale Anzeige an. Emma sprang aus dem Bett, jegliche Müdigkeit schien von ihr abgefallen zu sein. Sie warf sich ihre Klamotten über, nahm einen Stift aus ihrem Federmäppchen und schrieb einige Zeilen auf ein Blatt Papier, das sie vor die Schlafzimmertür ihrer Eltern legte. Dann schlich sie sich leise aus dem Haus. Nachdem sie sich vor der Haustür ihre Reitstiefel angezogen hatte, rannte sie den Schotterweg entlang, doch diesmal nicht zu den Ställen, so wie sie es sonst tat, sondern in Richtung des grünen Hauses, in dem ihre Freundin wohnte. Nachdem sie die Brücke über den Bachlauf überquert hatte, bückte sich Emma und hob fünf kleine Steine vom Weg auf. Mit den Steinen in der Hand schlich sie lautlos um das Haus und blieb unter Neles Fenster stehen. Sie nahm einen der Steine und warf ihn in Richtung Fenster. Mist!, dachte Emma und nahm den nächsten Stein, um ihn in Richtung des Fensters zu werfen. Schon wieder nicht getroffen. Emma schüttelte enttäuscht den Kopf. Wie oft hatte ihr Vater ihr angeboten, mit ihr die Technik des Werfens zu üben. Hätte sie nur sein Angebot angenommen!

Emma warf erneut. Diesmal klickte der Stein an der Scheibe ihrer Freundin. Emma horchte in die Stille. Nichts geschah. Ein weiterer Stein folgte dem anderen und traf auf die Scheibe. Da öffnete sich das Fenster und Nele streckte ihren lockigen Wuschelkopf verschlafen heraus.

„Weißt du eigentlich, wie früh es ist?", zischte sie und rieb sich verschlafen die Augen.

Emma nickte. „Ich brauche dich!", zischte sie zurück. „Zieh dich an und komm runter, ich warte an der Brücke." Sie verschwand, ohne Neles Antwort abzuwarten. Obwohl diese in nur wenigen Minuten neben Emma auf der Brücke stand, kam es ihr vor, als hätte sie mehrere Stunden auf ihre Freundin gewartet.

„Du hast dein T-Shirt falsch herum angezogen", sagte Emma.

Ihre Freundin zuckte mit ihren Schultern. „Was erwartest du? Dass ich wie ein Topmodel aus dem Ei gepellt hier auftauche, nachdem du mich mitten in der Nacht aus meinem Bett holst?" Nele fuhr sich mit der Hand durch ihre Locken. „Ich hab gefühlt nur eine halbe Stunde geschlafen", gähnte sie, „nachdem ich gestern ewig nicht einschlafen konnte." Sie machte eine kurze Pause und kratzte sich am Kopf. „Du weißt schon warum!"

Emma nickte und zog ihre Freundin dann ungeduldig am Ärmel. „Ich hatte heute Nacht einen Traum ... und einen Geistesblitz", fing sie an.

„So siehst du auch aus", lachte Nele und deutete auf Emmas Haare, die wild von ihrem Kopf abstanden.

„Dafür war heute Morgen keine Zeit", meinte Emma und strich ihre Haare mit ihren Händen platt. „Weißt du, wo der Besitzer vom Schlachthof wohnt oder wie man am schnellsten zum Schlachthof kommt?", fragte sie Nele, die sich ihr T-Shirt über den Kopf gezogen hatte und umdrehte.

„Ähm – der Schlachthof?" Nele verzog ihr Gesicht fragend.

„Ja genau! Du bist wirklich noch nicht so ganz wach, was?!"

„Der arbeitet in der Stadt, das ist aber ein ganz ordentliches Stückchen bis dort", sagte Nele. Dann zeigte sie auf den Schuppen, der ein Stückchen vom Haus entfernt stand. „Mit den Fahrrädern wären wir schneller."

„Wow", bemerkte Emma staunend, während sie hinter ihrer Freundin herstiefelte, „du bist ja doch schon aufgewacht."

Nachdem Nele ihr eigenes Fahrrad aus dem Schuppen geholt hatte, nahm sie ein anderes und stellte es vor Emma. „Das ist das Heiligtum meiner Schwester. Fahr damit bitte nirgendwo dagegen." Nele schwang sich auf ihr Rad.

Kurz darauf radelten die zwei über den Fahrradweg am Fluss entlang Richtung Stadt.

„So, meine erleuchtete Freundin. Dann schieß mal los! Was haben wir eigentlich gerade vor?" Während Nele fragend ihre Freundin anschaute, trat sie keuchend in die Pedale. „Du hattest heute Nacht einen Traum und danach einen Geistesblitz ...?"

Emma nickte: „Ich werde den Schlachter fragen, ob er mir Windhauch verkauft."

Nele ließ ihre Sommersprossen über ihr rundes Gesicht tanzen, während sie eine komische Grimasse verzog. „Wie, und das war's?", fragte sie und schüttelte den Kopf. „Du weckst mich mitten in der Nacht und der große Plan, den du hast und der uns gerade dazu bewegt, wie die Affen in die Pedale zu treten, ist der, dass du den Schlachter fragen möchtest ..." Nele brach mitten in ihrer Ausführung ab.

„Ich hab da so ein Gefühl", sagte Emma kleinlaut.

„Du hast da so ein Gefühl?", fragte Nele und warf Emma einen strafenden Blick zu, während sie nach Luft schnappte.

„Windhauch soll heute in der Früh vom Schlachter abgeholt werden", versuchte Emma zu erklären. „Ich wollte ihn vorher erwischen."

„Und deswegen sitzen wir um kurz nach vier auf unseren Rädern? Oder besser gesagt, du sitzt auf dem Rad meiner Lieblingsschwester." Nele kniff die Augen zusammen. „Ich dachte immer, ich wäre manchmal ein bisschen gaga. Ich bin erstaunt, wie gut wir beide zusammenpassen." Sie gähnte kräftig. „Na gut, wenn du so ein Gefühl hast, dann müssen wir dem nachgehen – und wenn wir dazu um die halbe Welt radeln müssten." Nele trat noch schneller in die Pedale und zog mit einem breiten Grinsen an Emma vorbei.

Nach einer guten halben Stunde standen die beiden Mädchen schweißgebadet vor dem Schlachthof. „Ich bin noch nie so schnell mit dem Fahrrad hier unten in der Stadt gewesen", keuchte Nele und drückte ihre Hand auf ihre schmerzende Brust.

„Ich glaube, ich bin mir nicht mehr so sicher, ob mein Geistesblitz wirklich so toll war", jammerte Emma. Sie merkte, wie ihr Mut verschwand und ihre Beine sich bedenklich wackelig anfühlten.

„Jetzt hör bloß auf!", maulte Nele. „Ich bin den Weg jetzt nicht umsonst wie ein wild gewordener

Gorilla gefahren." Sie stupste Emma in Richtung des großen Tores.

„Warst du schon mal bei einem Pferdeschlachter?", fragte Emma ziemlich verunsichert.

„Nein, warum auch?", stellte Nele betont lässig fest, doch sie fragte hastig weiter: „Was willst du ihm eigentlich für Windhauch bieten?"

„Ich kann ihm nur die gleiche Summe anbieten, die wir Herrn Schwarzpeller für Windhauch bezahlt hätten. Darin sind all meine Ersparnisse schon enthalten. Ich hoffe, es reicht." Emmas Mut war endgültig verschwunden, als sie über den großen leeren Innenhof sah.

Nele nickte ihr aufmunternd zu. „Denk an dein Gefühl, denn deswegen sind wir hier! Und wenn es nicht klappt, dann kannst du dir jedenfalls nicht vorwerfen, es nicht versucht zu haben." Emma war für die Mut machenden Worte ihrer Freundin dankbar. Trotzdem fühlte sie sich nicht in der Lage, den Innenhof des Schlachthofes zu betreten.

Nele schob Emma durch das große Tor, das in den Innenhof führte. *Hier sieht es eigentlich gar nicht so schlimm aus, wie ich es erwartet hätte*, dachte Emma und biss sich vor Anspannung auf ihren Daumen. Jederzeit konnte der Besitzer vor ihnen stehen. Emma lief ein kalter Schauer den Rücken hinunter. In ihrem Kopf tanzten Bilder von großen kantigen Männern mit weißen Plastikschürzen herum, die in ihrer Hand riesige Messer oder Hackbeile bedrohlich schwenkten. Auf Emmas Armen richteten sich ihre Härchen auf, als sich eine Gänsehaut kribbelnd ausbreitete.

„Jetzt komm schon!", fuhr Nele Emma ziemlich barsch an. „Irgendwo hier muss er doch sein!"

Emma wusste nicht, ob sie sich über die Aufforderung ihrer Freundin freuen sollte. Ihr Gefühl warnte sie eher davor, auf den Besitzer des Schlachthofes zu treffen.

Nele betrat vor ihr eine kleine Halle, in der einige Gerätschaften standen. „Hallo", rief sie, „ist hier jemand?"

Nichts als das Echo, das auf Neles Rufen folgte, war zu hören.

Emma zupfte Nele am Ärmel. „Ich glaube, wir gehen lieber!", sagte sie ängstlich.

„Was ist denn los?", fragte Nele und schaute Emma an, deren Gesichtsfarbe mehr und mehr verschwand.

„Er ist ein Schlachter", raunte Emma, „ein Schlachter für ziemlich große Tiere."

„Du machst mir Angst, Emma. Hör sofort damit auf!", bat Nele ihre Freundin.

„Was ist, wenn wir auf irgendwelche Tierreste stoßen, die wir niemals in unserem Leben sehen wollten?", fragte Emma mit zittriger Stimme.

Nele schaute sich verunsichert um und schüttelte sich. „Vielleicht gehen wir doch lieber wieder an die frische Luft", flüsterte sie und zog Emma hinter sich her.

Gerade als sie die offen stehende Tür erreicht hatten, hörten sie ein lautes Geräusch auf dem Hof; dann Schritte, die direkt auf sie zukamen. Nele und Emma hielten die Luft an und blieben wie erstarrt stehen. Plötzlich stand eine Gestalt genau vor ihnen. Die zwei Mädchen schrien aus Leibeskräften. Die Person, die eben noch auf sie zugegangen war, sprang panisch zurück auf den Hof, dann trat sie jedoch wieder zu ihnen in die Halle. Emma und Nele verstummten. Ein kleiner, ziemlich normal aussehender Mann stand jetzt fragend vor ihnen. Emma und Nele schauten sich an und atmeten tief durch.

„Was macht ihr denn hier um diese Uhrzeit in meiner Gerätehalle?", fragte der kleine hagere Mann. Man konnte deutlich den Ärger in seiner Stimme hören.

Die Mädchen guckten sich verunsichert an.

„Wir ... wir ...", stotterte Emma unsicher.

„Wir wollten zum Besitzer des Schlachthofes", sagte Nele, die sich inzwischen einigermaßen gefasst hatte.

„Na, da seid ihr bei mir richtig", sagte ihr Gegenüber. „Aber warum wolltet ihr den besagten Besitzer mit eurem Herumschnüffeln zu Tode erschrecken?"

„Naja, wir ... wir ...", stotterte Emma wieder los, ohne dass sie die richtigen Worte fand. „Ich habe eine Frage", begann sie einen weiteren Versuch, ihr plötzliches Erscheinen zu erklären, und kam sich dabei fürchterlich albern vor. Sie stockte und suchte nach den richtigen Worten. Doch als sie den Mund öffnete, versagte ihre Stimme völlig.

Nele räusperte sich und kam ihrer Freundin zu Hilfe. Sie erzählte dem Mann die ganze Geschichte und ließ nichts aus. Sie fing an, über Emmas schreckliche Pferdeangst zu berichten, erzählte von Emmas Begegnung mit Windhauch, ihrem ersten Ausritt und dem schlimmen Tag, an dem der Unfall passiert war. Mit den positiven Prognosen für Windhauch von Dr. Laubbauer und Tim endete sie und bat den Mann, es sich doch wenigstens zu überlegen, ob es nicht möglich wäre, Windhauch an Emma zu verkaufen. Der Besitzer des Schlachthofes verfolgte Neles Erzählung konzentriert. Emma atmete tief durch und war wahnsinnig dankbar, dass ihre Freundin das Reden übernommen hatte.

Nach einer Weile des Schweigens nickte der Mann und sah die Mädchen nachdenklich an. „Eigentlich nehme ich meine Geschäfte sehr ernst", begann er, „aber um dieses schöne Pferd hätte es mir wirklich leidgetan. Wenn der Kerl wirklich wieder auf die Beine kommt und sein einziges Manko ein erblindetes Auge ist, dann wäre es vielleicht doch ein bisschen zu früh für den Schlachthof."

Nele und Emma schauten sich strahlend an. War da eine Entscheidung herauszuhören? In Emma flammte Hoffnung auf, die aber sofort wieder erlosch, als der Mann mit einem „Aber" seinen nächsten Satz begann.

„Aber auf meinen Kosten darf ich natürlich nicht sitzen bleiben", sagte er entschlossen. „Schließlich habe ich Herrn Schwarzpeller schon seine Summe für das Tier bezahlt."

Emma hielt den Atem an und hoffte aus tiefstem Herzen, dass die Summe, die ihnen der Mann nun sagen würde, irgendwie erschwinglich war. Doch als der Besitzer des Schlachthofes ihnen den Preis nannte, den er für Windhauch bezahlt hatte, stieg bittere Wut in Emma hoch. Der Preis war um einiges niedriger als der, den ihre Eltern Herrn Schwarzpeller bezahlt hätten. Doch die Wut, die sich in Emmas Herzen breitmachen wollte, wurde von einer tiefen Dankbarkeit und Erleichterung in die Flucht geschlagen. Ganz neue Möglichkeiten taten sich für sie und ihren geliebten Windhauch auf!

Sie hielt dem Mann die Hand hin, der ohne zu zögern einschlug.

„Dann würde ich vorschlagen, dass ihr euch auf den Weg nach Hause macht und eure Eltern bittet, mit mir das Geschäft abzuwickeln. Mit Jugendlichen darf ich nämlich eigentlich keine Geschäfte machen." Der Besitzer des Schlachthofes zwinkerte den beiden Mädchen zu, die dankbar und erleichtert auf ihre Fahrräder sprangen.

„Geistesblitz", sagte Nele und schüttelte ungläubig den Kopf, „das ist ja alles unfassbar."

Als die beiden aus dem Hof hinausradeln wollten,

blieben sie plötzlich stehen. Vor ihnen hielt das Auto von Emmas Mutter gerade vor dem Schlachthof an, aus dem eilig sowohl Neles als auch Emmas Eltern ausstiegen.

„Oh, oh!", flüsterte Nele und sah Emma panisch an.

„Was denkt ihr beiden euch nur!" Neles Mutter stürzte verärgert auf die beiden Freundinnen zu. „Wir haben uns unglaubliche Sorgen gemacht, als wir dich nicht in deinem Bett vorgefunden haben."

Nele sackte mehr und mehr zusammen und verzog ihr Gesicht entschuldigend.

„Zum Glück hat Emma ihren Eltern wenigstens eine Nachricht hinterlassen!" Neles Mutter schnappte nach Luft.

Die Gelegenheit nutzte Emma, um ihre Freundin zu verteidigen. Sie erklärte beiden Elternpaaren, dass sie Nele aus dem Bett geholt hatte und dass diese nichtsahnend von Emma in diese Sache hineingezogen worden war.

Neles Mutter hörte zu, wurde langsam ruhiger und nahm Nele in ihre Arme. „Dass du mir ja nicht noch einmal so einen Schrecken einjagst!" Liebevoll knuffte sie Nele in die Seite. Und nachdem Nele und Emma berichtet hatten, dass ihr geheimer Ausflug erfolgreich verlaufen war, war jeglicher Ärger sofort vergessen. Freudestrahlend umarmten Emmas Eltern ihre Tochter.

Nachdem die Unterschrift von Emmas Eltern unter

dem Kaufvertrag für Windhauch stand, fuhr Emma als stolze Pferdebesitzerin nach Hause.

Ende gut mit neuem Mut

Es waren etliche Wochen vergangen, seitdem Emma Besitzerin von Windhauch geworden war. Windhauch hatte unfassbare Fortschritte gemacht. Mit Tims Hilfe würde er bald schon wieder so weit sein, dass Emma mit ihm trainieren konnte, damit er sich in seiner gewohnten Umgebung auch mit nur einem Auge zurechtfinden würde. Nele war Emma bei allem eine große Hilfe. Sie war so glücklich, dass sie eine so tolle Freundin gefunden hatte.

Herr Ritter hatte alles möglich gemacht, um für Windhauch die ruhigste Box zur Verfügung zu stellen, und half ihr und ihren Eltern bei allen Fragen und

Problemen. Emmas Eltern hatten Windhauch schon nach kurzer Zeit völlig in ihr Herz geschlossen. Jetzt wartete Emma nur noch auf den Tag, an dem auch die beiden auf ein Pferd steigen würden. Ihre Mutter hatte Emma jedenfalls fest versprochen, es einmal zu probieren, wenn Windhauch wieder völlig gesund war.

Emma schmunzelte, als sie sich ihre Mutter auf Windhauch vorstellte. Diese Show wollte sie auf keinen Fall verpassen! Emma schüttelte den Kopf. Eigentlich lief alles so gut und sie hätte nicht glücklicher sein können, aber trotz allem fühlte sich ihr Herz schwer an. *Wie kann ich nur so undankbar sein?*, dachte Emma und setzte sich auf ihr Bett.

Unten klingelte das Telefon und ihr Vater fing an, fröhlich mit jemandem zu reden. Kurze Zeit später klopfte es an die Tür und Emmas Mutter trat ein.

„Hier hast du dich verkrochen", stellte sie fest und setzte sich zu Emma auf das Bett. „Na mein Schatz, was ist los? Spuck's aus!"

Emma verzog nachdenklich ihr Gesicht. „Eigentlich sollte ich mich tierisch freuen über all die wunderbaren Dinge, die sich in letzter Zeit ereignet haben. Aber ich bin trotz allem irgendwie niedergeschlagen!" Sie ließ ihren Kopf auf die Schulter ihrer Mutter sinken, die ihren Arm um sie legte.

„Emma, manchmal vergessen wir, Dinge aus unserem Herzen zu schmeißen, die uns nicht guttun, und dann merken wir gar nicht, wie sie uns niederdrücken."

Emma runzelte die Stirn und schaute fragend zu ihrer Mutter auf. „Was meinst du?"

„Zum Beispiel deinen riesigen Hass auf Windhauchs ehemaligen Besitzer. Natürlich hat er schlimme Dinge getan und sich sehr verantwortungslos verhalten. Aber weißt du? Mit dem Hass im Herzen, den du für ihn empfindest, schadest du eigentlich nur dir selbst."

Emma ließ sich die Worte ihrer Mutter durch den Kopf gehen.

„Wenn wir meinen, anderen Leuten nicht vergeben zu können oder zu müssen, dann haben nicht die anderen das Problem, sondern wir selbst, weil der ganze Ärger und Zorn in unserem Herzen ist. Im Grunde bestrafen wir uns selbst." Ihre Mutter strich Emma eine Haarsträhne aus dem Gesicht und schaute ihr in die Augen. „Manchmal wird es dann sogar schwierig, sich an den vielen wunderbaren Dingen zu freuen, die passieren. Denk mal drüber nach." Ihre Mutter stand vom Bett auf und gab Emma einen Kuss auf die Stirn. „Ich liebe dich, meine kleine, tapfere Maus! Und um vergeben zu können, muss man ganz schön tapfer sein." Emmas Mutter schenkte ihr ein liebevolles Lächeln und ging aus ihrem Zimmer.

Emma legte sich auf ihr Bett und starrte an die Decke. Wie sollte sie diesem Tierquäler jemals vergeben können? Sie griff nach ihrer Bibel, die auf ihrem Nachttisch lag, und blätterte die Seiten durch. Ein Wort stach ihr sofort ins Gesicht: FEIND. Sie blätterte auf die Seite zurück und las den Text. *„Euch allen sage ich: Liebt eure Feinde und tut denen Gutes, die euch hassen. Segnet die Menschen, die euch Böses wünschen, und betet für alle, die euch beleidigen."* Emma kämpfte mit den Worten, die sie da las. *Warum muss ich so jemanden lieben?,* schoss es wie spitze Pfeile durch ihren Kopf.

„Wenn wir nicht vergeben, schaden wir uns damit selbst", hörte sie die Stimme ihrer Mutter in ihrem Herzen.

Emma atmete tief durch. „Gott, wenn du von mir willst, dass ich Herrn Schwarzpeller vergebe, dann entschließe ich mich jetzt dazu. Nimm mir diesen üblen Zorn aus meinem Herzen und gib mir Kraft, bei meiner Entscheidung zu bleiben, dass ich ihm vergeben will." Emma öffnete die Augen. Dann unterstrich sie sich die Bibelstelle mit einem roten Stift. „Ich will!", sagte sie laut und merkte, wie ihre Wut, die sie immer noch im Herzen spürte, ein Stückchen mehr der Freude weichen konnte.

★★★

Tim massierte Windhauch energisch an mehreren Stellen. „Ich hätte nicht gedacht, dass du so schnell wieder auf den Beinen bist, Großer", stellte Tim fest.

Emma, die mit Nele auf dem Gatter der neuen Box von Windhauch saß, grinste bis über beide Ohren.

„Ich habe es von Anfang an gewusst!", behauptete sie.

„Keine Ahnung, ob du immer noch so breit grinsen wirst, wenn du meine Rechnung bekommst", sagte Tim trocken und zwinkerte Emma zu.

Nele gab ein Grunzen von sich. „Du musst ihn nicht so anhimmeln, nur weil er deinem Pferd hilft, Stadtmädchen", flüsterte sie Emma ins Ohr, „du machst dich lächerlich!"

Emma stieß ihrer Freundin mit ihrem Ellbogen in die Rippen, die daraufhin laut quiekte und Emma einen strafenden Blick zuwarf. „Kannst du die Wahrheit nicht vertragen?", fauchte sie und bekam prompt wieder einen wütenden Stoß von Emma.

„Mädels, wenn ihr euch unbedingt prügeln müsst, dann geht doch bitte raus. Windhauch und ich versuchen gerade zu entspannen, da ist ein hysterisches Quieken nicht unbedingt hilfreich." Strafend sah Tim die beiden an, die mit betretenen Mienen den Stall verließen, um auf der Wiese ihre Meinungsverschiedenheit auszutragen.

Wie ist das möglich?, dachte Emma. Gerade noch schien alles ausweglos – und jetzt war alles viel schöner als noch vor Wochen, bevor sich der Unfall ereignet hatte. *„Für Menschen ist es unmöglich, aber nicht für Gott. Für ihn ist alles möglich!"* Diesen Vers hatte Emma heute Morgen gelesen und fand, dass keiner besser zu den aufregenden Ereignissen der letzten Wochen passte.

Sie legte sich neben Nele in das Gras, schlug ihr Bein über das andere und musste lächeln, als sie ihre schwarzen Reitstiefel betrachtete. Wer hätte jemals ahnen können, dass diese Stiefel irgendwann zu ihren Lieblingsschuhen werden würden? Ihre Freundinnen in der Stadt würden Emma kein Wort glauben, wenn sie ihnen das erzählte. Emma blickte dankbar in den blauen Himmel und genoss den Augenblick, der voller Hoffnung war. Tief in ihrem Herzen wusste sie, dass Windhauch auch mit einem Auge zurechtkommen und dass sie mit ihm noch einige Abenteuer erleben würde. Vorfreude ergriff ihr Herz und es kribbelte in ihrem Bauch.

Bibelstellen zum Nachschlagen

(zitiert nach der Bibelübersetzung „Hoffnung für alle")

„Das eine aber wissen wir: Wer Gott liebt, dem dient alles, was geschieht, zum Guten."
Römer 8,28

„Verlass dich nicht auf deine eigene Urteilskraft, sondern vertraue voll und ganz dem Herrn."
Sprüche 3,5

„Sorgen drücken einen Menschen nieder – aber freundliche Worte richten ihn wieder auf."
Sprüche 12,25

„Was keiner für möglich gehalten hat, das tut der Herr vor unseren Augen."
Markus 12,11

„Meine Gnade ist alles, was du brauchst! Denn gerade wenn du schwach bist, wirkt meine Kraft ganz besonders an dir."
2. Korinther 12,9

„Euch allen sage ich: Liebt eure Feinde und tut denen Gutes, die euch hassen. Segnet die Menschen, die euch Böses wünschen, und betet für alle, die euch beleidigen."
Lukas 6,27-28

Ein riesiges Dankeschön!

Zuallererst freue ich mich riesig darüber, dass du dieses Buch in den Händen hältst und mit mir in Emmas und Neles Welt eingetaucht bist!

Auf dem Weg von der Idee zum Buch haben mich einige Personen begleitet, denen ich an der Stelle herzlich danken möchte:

Ein ganz dickes Dankeschön geht an Florentine, die mir mit ihrer leidenschaftlichen Liebe zu Pferden und ihrem Wissen über diese Tiere sehr weitergeholfen hat. Du bist der größte Pferdefan, den ich je kennengelernt habe! ☺

Herzlich bedanke ich mich bei meiner Freundin Yvonne und ihren Kindern Jette und Jule. Ohne euch hätte ich mich mit Sicherheit nicht an eine Pferdegeschichte gewagt.

Danke auch an Lydi! Du hast dich noch vor den Lektoren über meine Rechtschreibung hergemacht und deinen Spaß mit meiner unschlüssigen Namensgebung gehabt ... Danke für deine Zeit, die du dir zwischen Windeln wechseln, mit deinen Kindern spielen und Studium dafür rausgeschlagen hast!

Dem Verlag der Francke-Buchhandlung und seinen genialen Mitarbeitern danke ich sehr herzlich für die Zusammenarbeit. Danke, Kathrin, für deine wertvollen Anmerkungen zum Manuskript und für deine Ermutigung! Danke, Sven, für deine Geduld und dein Knowhow!

Vielen Dank an dich, Conny, und an deine Tochter Hanna. Ich habe mich riesig gefreut, dass Hanna noch vor dir die Geschichte lesen durfte! ☺ Danke für die Zeit und Liebe, die du mit in dieses Buch gesteckt hast. Es ist so gut zu wissen, dass es Lektoren gibt, die sich für den nötigen Feinschliff am Manuskript Zeit nehmen. Ein ganz herzliches Dankeschön!

Dankeschön an all die Mädchen, die begeistert waren von meinen letzten Büchern! Da macht es Spaß, weitere Bücher zu schreiben. ☺ Danke an Hannah, Saphira, Elisa, Michaja, Nathalie ... und viele, viele mehr!!!

Bei meiner Familie bedanke ich mich von ganzem Herzen für eure Liebe und Ermutigung. Wer so eine wunderbar verrückte Familie hat wie ich, muss einfach Bücher schreiben! ☺ Meinen Mann möchte ich noch mal ausdrücklich erwähnen. Wer als Mann trotz eines vollen Terminplans Zeit hat, um über die neuen Seiten eines Mädchen-Pferde-Buches zu schauen, dem gebührt ein richtig fettes Dankeschön! Ohne dich wäre das alles gar nicht möglich. Du bist mein größter Ermutiger!

Und dann möchte ich meinem Gott von Herzen danken, der so kreativ und liebevoll ist. Ohne die verrückten Ideen, die er mir schenkt, wären die Bücher, die ich schreibe, vermutlich ziemlich langweilig ...